Historias lamentables del deseo

Historias lamentables del deseo

Áspid

Copyright © 2018 por Áspid.

Número de Control de la Biblioteca del Congreso de EE. UU.: 2018911707
ISBN: Tapa Dura 978-1-5065-2698-0
Tapa Blanda 978-1-5065-2697-3
Libro Electrónico 978-1-5065-2696-6

Todos los derechos reservados. Ninguna parte de este libro puede ser reproducida o transmitida de cualquier forma o por cualquier medio, electrónico o mecánico, incluyendo fotocopia, grabación, o por cualquier sistema de almacenamiento y recuperación, sin permiso escrito del propietario del copyright.

Esta es una obra de ficción. Los nombres, personajes, lugares e incidentes son producto de la imaginación del autor o son usados de manera ficticia, y cualquier parecido con personas reales, vivas o muertas, acontecimientos, o lugares es pura coincidencia.

Información de la imprenta disponible en la última página.

Fecha de revisión: 10/08/2018

Para realizar pedidos de este libro, contacte con:
Palibrio
1663 Liberty Drive, Suite 200
Bloomington, IN 47403
Gratis desde EE. UU. al 877.407.5847
Gratis desde México al 01.800.288.2243
Gratis desde España al 900.866.949
Desde otro país al +1.812.671.9757
Fax: 01.812.355.1576
ventas@palibrio.com
786213

Yo Quería Ser Soldado

Yo quería ser soldado, pero mi papá me dijo "nombre vente pa'ca ¿qué tas haciendo ahí?"

Me acuerdo que allá en el rancho mi apa', desde chico, taba yo ancina bien chico, ¡pero bien que me acuerdo! Que "vete a cuidar a los animales" Que si los cuidaba bien ellos nos van a dar de comer, y ahí ando yo pastoreándolos todos los días, desde tempranito hasta ya casi caído el sol. En veces mi mamá me daba la comida, otras por estar atendiendo a mi apa' que llegaba con los humores del mezcal, pos ya no me tocaba, porque como decía mi apa' "pus es deber y por mandato divino que la mujer atienda a su hombre antes que a naiden".

Y así pasaban los días y las semanas, yo cuidando a los animales y aguantando una que otra paliza porque se jueron los animales. Como aquel día, que pos se me ocurrió que si yo podía cuidar vacas, toros, becerros y chivas, pos yo creiba, que también podía echarme unos mezcalitos, pues ¡Total yo trabajaba como mi apa y si no es que más! Así que a escondidas agarre el mezcal del apa', lo puse en mi guijarro, por ahí cuando el sol pega en lo mero alto, pues que me decido y que me le pego al guijarro. No pos que siento como si lumbre hubiera comido yo, como brasas que entran en el cuerpo, así mismo me sentía, como si después de que mi mamá acabara de atizar la leña uno agarre esos maderos rojos, rojos y se los atragante. Sentí como me bajaba ese ardor por mi garganta hasta los riñones ¡a jijo! Y esto es lo que tanta alegría le da a mi apa', entiendo cuando llora, porque ahorita siento ganas de llorar por el ardor, pero cuando le da por cantar y reír pos… a lueguito comencé a sentir, como que estaba flojito, como livianito, y entonces me senté, adivice unas nubes y me dije, así me siento, ¿y si fuera nube? ¡Y que me convierto en una!, y que comienzo a flotar despacito, despacito y a subir más y más, hasta lo alto del cerro. De ahí divisaba todo: el pueblo, el rancho, mis animales. Sentía calor, pos es que estaba cerquitita del sol, un poquito más que subiera, y yo pensaba que aunque fuera nube, pos yo creo que si me quemaba. Tons el viento me comenzó a empujar más y más lejos, tan lejos que ya ni veía los cerros, ni el pueblo, ni el rancho, ni a mis animales; y que empiezan a llegar otras nubes como turbias, como oscuras, como con ganas de llevarme lejos y a luego que me dice una, la más robusta: -¡Ey tú! - y pos yo no sabía que se podía platicar entre nubes y menos yo, que pos nube realmente no era.

-¡Ey tu!- me vuelve a decir, así su voz, como un trueno.

- ¡¿Ey?!- que le contesto.

- ¿No tienes ganas de echar una bajadita así rápido? – me dice.

- No pos acabo de subir, me quiero quedar un rato acá, devisando todo- le contesté.

- ¡Pos no hay de otra! Todas estas y yo vamos pa' bajo, de a chubasco, así que agárrate que vamos pa' bajo-que me contesta.

Comencé a sentir que de a pedazo me iba cayendo, no todo yo, sólo unas partes de mi, pero sí todo, o sea pues, no todo junto. Y comencé a desprenderme, primero una uña, luego un dedo, luego otro dedo, la mano, un brazo, todo yo cayendo rapidísimo. Cada parte de mí que caía a su vez se fragmentaba más y más. Cada vez caigo más rápido ¡a jijo! - ¡Ya no!- Les gritaba -¡yo quiero seguir flotando! ¡Ya no, que estamos muy cerquita de la tierra! ¡Ya no, que si caigo me voy a descuajaringar todo, ya no por favor!- y zaz, ni mis gritos, ni mis suplicas evitaron que cayera y zaz, zaz, zaz, que empiezo a caer todito en pedacitos, y justo cuando la cabeza iba a dar contra el suelo, ¡passss! Que me despierta un garrotazo. Estrellas, ya no había luz. Era mi papá con tremendo leño.

-Ora muchacho cabrón, ¿muy hombrecito no? Tomándose el mezcal de su padre, ¡hijo de la chingada! Y ¿la petra y la juana, ontan?!! Cabrón uno trabajando, de sol a sol, y estos hijos mal agradecidos briagos. ¿Ontan las vacas? ¡Órale levántese para arrearlas! ¡Chingao!, si, siquiera te lo hubieras acabao, pero nada más lo dejaste serenar y así pos ya no sirve. ¡Órale cabrón! A traer las vacas.-

Y así, golpizas por el estilo, mal comidas y pos de dinero ¡nada! Yo cuidando animales todos los días, y mi apa' tomándose ese mezcal que sólo dolor de cabeza da. La vida para mí fue igual hasta que tuve diez y seis años; tons un día mire el campo, me mire a mí, y pensé; qué sólo pa' cuidar vacas, becerros, toros y chivos habré nacido. Me acordé de aquel día del mezcal y me dije, a lo mejor, si aquel día pude ser una nube pues puedo ser nube pa' siempre. Que me vale todo y que me junto con otros cuates, les dije -¿oigan y si somos nubes?-

Que me ven y me dicen -no pos como que hoy jumaste de esa hierbita que a uno lo pone pero...

- nombre hay que irnos como las nubes pa' donde el viento nos lleve.- Se me quedan viendo y que me dicen - pos mira si este no está tan marihuano.-

Que nos jalamos pa'ca y pa'lla, ahí íbanos como las nubes de un lado pa' otro, uno que dice:

-pues yo he visto que a luego las nubes se quedan un rato quietas, y luego avanzan, ¿qué les parece que nos pelamos pa' la capital?- Que respondemos: pos sí.

Ya allá llegamos con unos tíos, y a luego que nos dicen - No muchachos ustedes deben servir a la Patria ¿por qué no se meten de soldados?

-¿Soldados?- pos como que no sabía ni de qué, ni pa' qué pero se oía bien bonito "servir a la patria"

Así como en las películas peleando por algo y defendiéndolo, y a luego me acordé: hay cuando jui pa' la escuela, que "unos niños héroes" que si uno se envolvió en la bandera y no dejó que otros la mancillaran ¡ha de ser rete bonito que todo un país se acuerde de ti así!

Aunque ahorita pensando, y que tal si el tal niño héroe al que estaban atacando, y pos como era niño, pos que le entra el miedo y que se quiere jullir, que se tropieza y que se quiere agarrar del asta bandera, y sólo que agarra la bandera, y sopas que azota, y ya luego que lo hayan ahí tiradote, envuelto en la bandera, y que si dicen que fue porque no la mancillara, pero bueno si por una cosa de esas me pueden recordar a mi también ¿pos por qué no?

Y ándale que me enlisto, luego lueguito me enliste, que córtate el pelo, que al otro día levantarse temprano, hacer tu cama, bolear tus zapatos, que queden que casi te puedes ver en ellos, tempranito a bañar, y ni es cierto que con agua fría, hay calientita y más que si la calentaras en el fogón. Eso sí, todos los días temprano para las seis cientas horas: tener la cama, los zapatos, el uniforme, el pelo, las manos, todo listo para cuando pasaran revista, luego a correr, yo bien que corría, y hacía eso del pecho tierra. A hora si lo bueno, que si estas son armas, que si son exclusivas del ejercito; pos yo como que me acuerdo que hay por el rancho, unos fulanos que "gomeros" las traiban, las presumían, las disparaban y decían "para los jijos que no se quieran educar". Así que no creo que sean exclusivas del ejército. Pero que si muévele aquí y acá, con esto se carga, que si aquí el seguro, que si al hombro, ¡nombre! Todo muy interesante. Ah, eso sí, que no vieran que te andabas "picando" con otro, porque las brigadas, pos nomas iban a verte, y si te cachaban que le hechas de habladas al otro, y el otro te las devuelve, pos ahí de la tardecita.

-¡Ora! Muchachos que hagan un círculo, que ora tú Alfredo y tú Teófilo, ¿con que se traen ganas?

– No pos este cabrón-que me dice y pos que le respondo

- A ver, a ver –dice el teniente- déjense de palabrerías, que parecen gallinas cacareando, ora si a romperse el hocico - y ¡zaz pum! que me pega primero y pos que digo: ¡a darle! Ahí nos dejaron hasta que a los dos nos escurría la sangre, y ya todo en paz.

Ahí me iba formando poco a poco; fue entonces que cuando mi papá me hablo:

-¿Qué paso mijo pos que está haciendo ahí encerrado con pura bola de hombres, que se me hace que hasta maricones son?

- No apa - le dije - Acá nos quieren formar el carácter, así como aquella vez que me quede dormido con aquel mezcal y usted me agarro a garrotazos, que me iba a enseñar a ser hombre ¿se acuerda? Nada más que acá... pos si me pegan a veces, pero eso si acá si me pagan, como a mis horas, duermo en una cama sin pulgas, no como en el petate aquel que uste me dio, que creo que era más de las pulgas que mío.

– A que mijo tan güey, nombre allá nomas le están lavando el cerebro, que si la patria, que si la bandera, que si el país, que si el presidente, que si... ¡Puras chingaderas!! No mijo vengase pa'ca, a trabajar con su padre, como los hombres

- No apa' no ve que acá puedo estudiar y salir dotor o abagao, o coronel, o que tal que su hijo sea un héroe de guerra como Villa o Zapata, mejor como Zapata ese si que fue un héroe

– A que mijo no le digo, ¡usted puras pendejadas! No mijo ¿dotor, abogao, coronel? Y como pa cuando mijo

–No pos... no sé, pero en unos añitos

– No, no, no por lo menos unos veinte mijo y ¿ya pa que? Pa que dotor, pa que abogao, pa que coronel, y ¿la lana? Mijo de donde va a sacar la lana pal' consultorio, pal despacho y pa lo que sea que necesiten los coroneles, y pos... ser como Zapata, no mijo eso ya no se da en estos tiempos. Los únicos que hacen guerras son los gringos ¡ellos! No pos nosotros ¿cómo? Si ni pa' mais tenemos ¿una guerra? mijo, usted ¿Zapata? Mijo ¿pos cómo?

- Pero apa' acá mi teniente, me ha dicho "muchacho eres buen soldado y con el tiempo puedes llegar a ser grande aquí en el ejército".

- Mire mijo, yo hace un año me fui pal' norte y ahí se hacen hartos pesos, ¡hartos mijo! Con el tiempo que usted está perdiendo ahi, pos podría hacer hartos pesos, para que en un tiempo usted, pueda poner, un consultorio, un despacho y porque no hasta para hacer una guerra. Y usted pueda ser el héroe de esa guerra. Además mijo, deje le recuerdo que Zapata no era soldado, el era campesino como nosotros ¡que soldado ni que la chingada! En el campo mijo, en el campo, ahí es donde se hacen los hombres, si no, como cree que Zapata saco juerzas pa luchar y defender, pues del campo. No ahí encerrado recibiendo platiquitas y lecciones de quien sabe que, en el campo mijo, en el campo

- ¿En verdad apa?

- Mire mijo ¿se acuerda de la troquita, aquella roja, la que estaba allá en el pueblo, la que ocupábamos pal trabajo? Pues mire que me voy seis meses pa'ya, pal otro lao pues. Y que me regreso, me alcanzó para eso, y me sobró todavía para darme vida otros dos meses ¿se acuerda allá en la cantina de la Flor, la chichona, la del culote con labios como para mordérselos? La que nos decían que esa nomas con mucho billete y quien sabe que tanto; pos mire con eso que me traje de allá me alcanzo para tantas veces con aquella, que pos... ya ni se me antoja ¿cómo ve?

- ¿Apoco, apa nada más seis meses?

- No más mijo ¡ándele vengase pa'ca, acá nos cuajamos de lana! Ya luego hace lo que uste quiera: dotor, presidente. Lo que se le antoje

Yo quería ser soldado hoy tengo cuarenta y cuatro años. De aquellos caudales que mi papá me prometió pues... Solo vi como se iban. Como cuando era nube y me precipitaba al suelo, primero uno y luego otro, y otro fragmento, en las cervezas, en los amigos, las putas, el casino. Pero tuve mis buenos tiempos. Que tal cuando llevaba pollos pal otro lado, no pos antes si era negocio, yo cobraba seis cientos o setecientos de los verdes y sólo invertía cincuenta, pasaba entre cinco, ocho y hasta diez pollos, cada cinco o diez días. Nombre si me daba la buena vida; a mi mujer pos le daba lo que me pedía, hijos tuve muchos, vino el que quise. Ahora ya no se puede pasar pollos tan fácilmente. Antes trabajaba cinco o seis horas ¡y ya se hizo! Hoy tengo cuarenta y cuatro. Como le dije a mi mujer ¡Ahora si voy a trabajar más!

Yo quería ser soldado, pero me dijo mi papá "nombre vente pa'ca ¿qué tas haciendo allá?

Áspid
Fin.
Áspid

Tornando

Siempre le ha sido muy fácil el escribir, lo hace tan rápido y con tanta eficacia que es asediado y se juegan apuestas de que tan rápido hará su próxima publicación. Esta última publicación la realizo en tan solo dos meses y es de tal consistencia y de tal complejísimo, que la gente comienza a tener dudas de que una sola persona abordara esos temas tan complejos en sólo dos meses.

A pesar del asedio de la prensa y de las múltiples proposiciones que tiene para que hable sobre su libro, el sale de prisa, muy rápido como si algo le estuviese esperando como si tuviera un compromiso muy importante y no pudiera soslayar.

Sube rápido al carro, prácticamente huyendo de admiradores y prensa. Le indica al conductor que lo lleve a casa lo antes posible. Llegan a su destino, baja casi corriendo el conductor sale del auto y le dice casi gritando, ¿a qué hora vengo mañana? No este... yo después le digo espere mi llamada.

El conductor sube al auto y se pregunta ¿por qué una persona con el éxito y talento que tiene el vive en una zona como esa?

La casa se ubica en una de las colonias más populares de la ciudad, que si bien no es un sitio peligroso ni pobre, hay demasiado... como decirlo..., "Pueblo" en ese lugar y, generalmente una personalidad como esa no viviría con tanto populacho.

Quizá sea de esos tipos que piensan que porque no salen del lugar que los vio "crecer" no perderán "piso" – pensó el conductor.

Sube corriendo las escaleras. Llega al departamento muy apresurado y muy exhausto. En su interior siete figuras lo esperan impacientes y se observan algo molestas.

¿Esto es lo que querías? Dice una de las figuras ¿Esto fue lo que conseguiste? Dice otra ¿te adelantaste a todos? Dice otra más, y luego una especie de rechinar. Él dice, ¡Basta ya estoy aquí!! Los chirridos cesan. Se sienta de frente a sus siete acompañantes. Al hacerlo parece una danza, ya que todos lo hacen casi en un solo movimiento sincronizado.

No se escucha nada más que un lápiz que rasga el papel escribiendo sin cesar. Las siete figuras parecen observarle atentamente.

Se ha quedado dormido frente a los siete personajes

Después de quien sabe que tanto tiempo despierta. Sabe que su nueva novela es casi un hecho ahora solo necesita esperar por un tiempo, ver cómo reaccionan los asiduos lectores y si el nuevo material es un éxito entonces comenzar con la ardua tarea de rescribirla y no terminarla si no hasta justo el momento en el que él sabe que podrá hacerlo, y así apuntarse un nuevo éxito. Se decía así mismo, sí, siempre ha sido muy fácil escribir o ¿no?

Recuerda que hace seis meses no era conocido como, el éxito radiante de los libros, tal y como lo conocían en todas las casas editoriales que hoy se peleaban por publicar y editar sus libros.

No, dice, no era tan fácil. Hace un tiempo aquí mismo sentado en esta misma silla, en este mismo escritorio, por mas intentos que hacía por escribir algo, lo que fuera, no le era posible, recuerda que en una ocasión intento escribir una serie de poemas para así revivir el género del romance y saber que gracias a sus amorosas palabras y rimas los amantes comunicarían a sus parejas, su eterno e insaciable amor.

Así que tomo sus hojas, su lápiz y se dijo: si es un poema de amor, el título, amor será, luego pensó que la palabra estaba demasiado desgastada, por lo que era posible que al ver este título, lo vieran como algo más y, esto haría que no se tomaran el tiempo de leerlo. Se dijo; el titulo será amor y pasión, que si bien, no es lo mismo, ambas palabras y sentimientos están muy ligados. Así que se dispuso a escribir y lo hizo así.

AMOR Y PASIÒN
Amor, mi pasión se desborda por ti cómo un mar furioso y es tan profundo como lo es el.

Un buen comienzo, pensó, siguió sentado viendo sus hojas, viendo su escritorio, dejo que lo minutos pasaran, finalmente las horas pasaron y no pudo avanzar ni una frase más, ni una sola palabra más, respiro profundo y se dijo así mismo, qué era muy difícil escribir, sobre sentimientos tan profundos en un cuarto cómo ese: Con una mala iluminación, sin figura

alguna que le pudiera inspirar alguno de esos sentimientos.
Por lo que decidió salir y buscar algún parque con muchas
flores, con parejas y con mucha vida para poder así escribir
de esos sentimientos, que tan humanos son y que lejos de
ellos sería muy difícil hacerlo.

Caminó hacia una plaza, vió niños corriendo, flores
coloridas, muchas parejas. Compró una nieve, ocupo un
espacio en una de las tantas bancas en torno a la plaza y se
dispuso a impregnar su vista con el espectáculo. Dejo que sus
demás sentidos lo hicieran también. Después de un rato de
estar ahí, sintió como todo aquel ambiente le había renovado
las fuerzas, estaba muy relajado y seguro de que en cuanto
llegara a su casa, podría seguir y terminar aquel cúmulo de
poemas que pensaba escribir.

Llego a su casa, preparo un café, abrió la cortina; por
la ventana se podía ver una hermosa luna llena, por lo que
pensó, ¡esto sí que es un ambiente que inspira al amor y la
pasión!

Tomó asiento en su silla frente a su escritorio, tomó sus
hojas, las acomodo a modo de que todas parecieran una sola,
tomó su lápiz. Espero porque las letras y frases fluyera y
llegaran a él como atraídas por aquella luna y por el ambiente
en el que anteriormente se había encontrado. Pasaron los
minutos, las horas, hasta que el sueño lo venció, durmió en
su escritorio, sobre su poema. El brillo del sol le despertó,
se vio así mismo con su cabeza recostada sobre las hojas y
vio que su poema seguía en el mismo estado que la noche
anterior. En ese momento entendió que no tenía idea de cómo
continuarlo. Por lo que pensó; quizá eso de escribir poemas,

no fuera lo suyo, después de todo amor, lo que se dice amor en esos momentos no sentía, lo de la pasión era otra cosa, sabía que estaba apasionado por escribir. Decidió dejar de lado la poesía. Consideró que tal vez otro género de la literatura, pudiera ser en el que él pudiera explotar su imaginación y darse a conocer en el mundo de la escritura. Dijo para si; tengo que pensar en tres o cuatro personajes o en uno que pueda imaginar a los otros y así la trama se irá dando sola. Sólo hay que ponerles palabras a los personajes y listo a escribir. Su personaje seria un niño que, tendría innumerables aventuras. Tal vez parezca que esta idea ya se ha explotado, pero no de la forma y de la manera única que este niño lo hará. Lo primero es buscar un nombre para el personaje principal, después de mucho pensar en el nombre, dijo ¡qué diablos! Su nombre será el mío, después de todo, qué más da que el personaje principal sea homónimo del autor. Sí, el nombre será Arnulfo le conocerán cómo Arni ¡listo, el primer reto está superado! Ahora bien, ¿cómo serán las aventuras del niño y con quién? Deben de ser únicas, que el lector quede atrapado en ellas y no desee dejar de leerlas. Por lo que tendrá que leer el libro, como una especie de adicción y no podrá parar hasta terminar con el.

Este niño, imaginará situaciones y aventuras, pero después de cada aventura y situación imaginaria, conservara algo tangible de dicha fantasía ¡eso es fantástico, una idea genial! Se dijo.

El título, también debe de ser algo que llame la atención del lector, algo que al leerlo, le invite a leer, y pensando, pensaba: Arni y sus aventuras. No, muy común; Arni un sueño que se cumple, mmm, no muy largo y complicado de recomendar a los demás lectores; un mundo en Arni, mm suena muy aburrido ¡cómo no se me había ocurrido antes! El titulo será Arni, es corto, es el nombre del personaje sobre el cual giraran todas las aventuras ¡excelente! ¡Arni, será! Ahora bien, ¿cómo debe de comenzar? Dando una pequeña reseña del niño, dónde vive, qué edad tiene, de dónde viene el mote de Arni, sí creo que así comenzaré- se dijo-

Justo iba a comenzar a escribir cuando una idea le surgió en la mente ¡qué mejor presentación para el lector, que con una de sus múltiples aventuras! Así tendré al lector atrapado desde el principio y este querrá saber más sobre las aventuras del niño e irremediablemente, leerá el libro de principio a fin. - comenzó a escribir-

Arni

Es un lugar con árboles muy grandes, todavía no recuerdo bien cómo es que llegue aquí, lo que sí sé es cuál es mi objetivo. Debo de conseguir llegar a la cima de aquel cerro, una vez en ella, buscar el árbol de los frutos que cambian de color al ser tocados por los rayos del sol. La sombra de este, me revelara el camino que debo de seguir. Entre la maleza, entre los árboles, en lo profundo, se escucha un estruendo. No importa ya casi llego a la cima. Sí, tengo que tomar el fruto más multicolor, el estruendo es más fuerte. ¡El fruto! Ya lo tengo, el estruendo ahora es audible, ¡Arnulfo!... ¿Mamá, tenias que gritar tanto? - en la mano de Arni, el fruto que se torna multicolor al ser tocado por la luz del sol-.

¡Sí! Qué buen comienzo, muy bueno- pensó- esto atrapará al lector desde el principio, y ya no podrá dejar de leer este libro.

No sé que tanto me lleve terminarlo, pero tomando en cuenta que escribir esto me llevo más de tres horas, yo creo que me tomará, cerca de dos meses terminar con esta idea. Ahora tomaré un merecido descanso. Daré un paseo y me impregnaré de más ideas para poder continuar con las aventuras de Arni. -estaba muy emocionado, pues dentro de su ser tenía la sensación de, ese gusanito que le decía "vas bien". Salió a caminar, tomó café. Al cabo de tres horas regreso a su casa. Tomó asiento, acomodó sus hojas de manera que parecieran una sola, inspiro profundo, soltó el aire contenido en sus pulmones, cogió su lápiz, vio las hojas, releyó lo que había escrito, hizo el intento por continuar con las aventuras de Arni, el lápiz no se movía, la mano tampoco, no se le ocurría nada que diera continuidad a esa historia, pensó, debo de estar en un bache de creatividad. Nada más tengo que esperar a que lleguen las ideas. Pasaron los minutos, las horas. Nuevamente durmió en el escritorio.

Despertó al día siguiente, con un extraño y amargo sabor de boca. Su cabeza estaba tendida sobre las hojas, vio las hojas: las aventuras de Arni, seguían en el mismo sitio, con su mamá. Estiró brazos y piernas, preparó un café – debo relajarme, con presiones y tensión no llegare a ningún sitio-, se dijo.

Tomó la tarde libre, fue al cine y paseo por largo rato, regreso a su casa. Una vez en ella, fue a su escritorio, tomó las hojas, las acomodo de modo que parecieran una sola, intentó escribir. Darle continuidad a las aventuras de Ami.

El lápiz, la mano y la imaginación parecían no querer continuar dando frutos, nuevamente ocurrió lo de la noche anterior, terminó por dormirse y despertar sobre Arni, sin que pasara absolutamente nada.

Así transcurrieron tres semanas más, esperando que la musas, o quien fuera, le inspiraran para continuar con las aventuras de Arni.

Una vez pasadas esas tres semanas, pensó: posiblemente he sido demasiado ambicioso al tratar de escribir un libro que fuera, tan digamos… creativo, después de todo, yo soy un novel escritor y debo de comenzar de poco a poco. Por lo que dejó de lado a Arni para una mejor ocasión.

Ahora debía pensar en algo más, algo digamos menos complicado, entonces se le ocurrió; armar una pequeña historia de no más de diez hojas, una fábula, eso debe de ser muy sencillo. Un lobo, una ardilla y un halcón, serían los protagonistas de dicha fabula. Esta vez no se preocuparía por el título, ni por el nombre de los personajes, eso consumía demasiado tiempo, simplemente se avocaría en pensar; si es que los animales llevarían a cabo una aventura ecológica o simplemente tendrían aventuras, para tratar de llegar a algún lugar en el que ninguno de los animales tuviera algo en común. Después de todo, esta empresa no debía de ser tan complicada, ya que el simple hecho de hacer hablar a los animales, es algo para que más de un lector se sorprenda.

Tomo un puño de hojas, fue a su escritorio, tomo asiento frente al mismo escritorio, acomodo las hojas de modo que parecieran una sola, puso el lápiz entre sus dedos. Permaneció durante largo rato esperando por algo, mas esta vez no sucedió nada. Ahora no espero por la inspiración, ni a quedarse dormido sobre las hojas. Simplemente salió de su casa y fue a un café. Llego un poco alterado por el hecho de no haber sido capaz de escribir ni una sola línea. Se acomodo en ningún sitio en particular, pidió un café. Mientras disfrutaba de este, observo el local dispuesto para el café: una barra con unos diez asientos en fila, al frente la persona que se encargaba de atender las ordenes, tras de ella un espejo que abarcaba toda la pared. Tras él había mesas dispuestas para albergar a más clientes, las mesas eran color caoba, todas las sillas eran color rojo. Estaba en esa contemplación y en su turbación, cuando noto que se veía a si mismo, viéndose al espejo que estaba frente a él. Observaba su reflejo. Al verse en el, veía su imagen, parecía que era otra persona a la que veía, era como verse, pero verse en tercera persona, era como verse, sin verse, era como saber que eres tú pero sin serlo, era muy extraño todo eso, en eso estaba cuando un murmullo lo sorprendió. Escuchaba las historias y pláticas interminables de tanta gente. Algunas un poco inverosímiles. Continuó escuchando por largo rato. Todas esas pláticas y personas le condujeron a la siguiente afirmación; por supuesto, las historias están aquí, en la calle, con la gente, después de todo, escribir un libro, no es más que el reflejo del pensar y decir de la sociedad, y no en un cuarto alejado de ella.

Mañana vendré desde temprano, tomaré algunas notas de las pláticas y esto me permitirá desarrollar ideas y podre escribir alguna historia que sea digna de contar y que el lector lea ávidamente.

Llego cerca de las diez horas, buscó un lugar que le permitiera escuchar la mayor cantidad de pláticas posibles. Estuvo muy atento a tomar nota de las pláticas de esas personas.

Las primeras pláticas que alcanzo a escuchar, hablan de cosas comunes; como les había ido el día anterior, problemas financieros, mas nada que pudiera ser contado en un libro y que valiera la pena desgastarse y tomar notas.

Trascurrieron dos horas desde su llegada, y aún no ocurría ni escuchaba nada interesante que pudiera servirle para dar comienzo a su libro. Hacia las trece horas, un grupo muy nutrido de estudiantes, llego al café haciendo mucho ruido y con mucha prisa por entrar y sentarse. Tomaron asiento justo a su espalda.

Comenzaron platicando, sobre materias difíciles, maestros nefastos, novios inútiles, pero en un momento dado de la plática, una de las estudiantes, les conto a sus demás compañeras que, la noche pasada, su novio le había llevado a un lugar algo alejado y solitario, para poder platicar más "a gusto". La plática de la estudiante derivo en besos y de estos a cuestiones más atrevidas justo cuando estaban en esos ardores, escucharon que alguien golpeaba el vidrio de la ventanilla del auto, ellos se incorporaron rápidamente, pero no lograron ver a nadie, por lo que aún excitados por el momento y el momentáneo susto, continuaron en lo suyo, esta vez se escucho un ruido más fuerte en el techo del auto, ambos se incorporaron de prisa. En ese momento la chica pidió al novio que saliera a ver qué pasaba, este así lo hizo, pero no vió nada. Entro al auto a querer continuar con la "plática", la joven ya no estaba dispuesta, le pidió mejor se fueran y lo dejaran para otra ocasión. El novio aún fogoso, le pedía, casi le suplicaba a la chica que se quedaran "cinco minutos más". Ante los ruegos y caricias del novio la estudiante accedió. Cuando las caricias y las palabras comenzaban a hacerse interesantes.

Las cosas dentro del auto y el carro empezaron a moverse con violencia, daba la impresión de que alguien quería elevar el carro, el novio puso en marcha el motor y salieron de ese sitio a toda prisa y sin voltear atrás. Por un momento todo quedo en silencio, hasta que una de las compañeras de la que contaba la historia, preguntó ¿no me digas que fuiste rumbo al aeropuerto, entraron unos metros antes del acceso y se fueron bajo un árbol muy grande y frondoso, y ahí se pusieron a "platicar"?

Si, respondió la chica, ¿cómo lo supiste?

¿Qué no sabes la historia de ese sitio?

¡No! Respondió la primera

Mira, dijo la segunda; se dice que en ese preciso lugar, antes de que construyeran el aeropuerto, era un lugar donde, dos enamorados se habían conocido y todos los días iban platicaban y planeaban sus vidas. Todo era pura felicidad para ellos. Un buen día toda aquella platica y planeación se convirtieron en besos, conforme fueron pasando los días, los muchachos demoraban más en sus sesiones de besos. Uno de esos días los besos tornaron en caricias atrevidas. Pero tanto amor y tanta pasión contenida, no podía sino tener un fin lógico, por lo que los muchachos decidieron consumar su amor ahí en ese lugar en la que tanta felicidad les daba. Los padres de la muchacha, después de un tiempo y al ver que su hija llegaba cada día más tarde de lo acostumbrado. Se dieron a la tarea de averiguar lo que hacía. Ella con tanta felicidad, nunca imaginó que les vigilaban, porque finalmente ella no hacía nada malo, sino todo lo contrario, ella amaba y era amada.

La noche que ellos decidieron entregarse a su amor y a su pasión, no imaginaban lo que el destino les preparaba para esa ocasión tan especial.

Ambos llegaron puntuales a la cita. Primero hablaron por un tiempo, haciéndose promesas y construyendo un mundo en donde sólo ellos, su felicidad y amor los llevaría por caminos insospechados, pero sin importar las dificultades ellos siempre saldrían avante, siempre juntos, sin que existiera sombra alguna que pudiera borrar la huella de su amor, aseguraban que ellos se encargarían de hacerle saber a la gente que, el amor sí es para siempre. Por lo que de algún modo, no sabían cual, las personas siempre hablarían de ellos, después de estos sueños lucidos, pasaron a los besos, a estos le siguieron las caricias en ese momento sus cuerpos estaban listos para recibirse entre sí, justo en el instante, en que ambos sabrían lo que es disfrutar el uno del otro, apareció el padre de la chica con tremendo machete en la mano y, obligo al muchacho a irse de ese lugar, así completamente desnudo, mientras le gritaba que, si volvía acercarse a su hija, le mostraría que el machete, podría cortar más que sólo un dedo. Hija y padre vieron partir al ardoroso enamorado, mientras esta gritaba y lloraba que regresara su enamorado. Después de pasado esto, dicen que la joven, aprovechaba cualquier instante para regresar a su lugar de amor, con la esperanza de que aquel amor algún día volviera. Los días pasaron con esa rutina, uno de esos días el papá de la muchacha al ver que su hija no regresaba, fue a buscarla a ese sitio, ya que él sabía que su hija solía pasar mucho tiempo ahí, al llegar al lugar no encontró a su hija, la busco, pero no le fue posible encontrarla por ningún lado. El padre temiendo que el joven enamorado hubiese vuelto y se hubiera llevado a su hija, busco al corruptor, pero por más señas que dio de ese pederasta, no hubo quien le pudiera decir, quién era él. El padre regresaba día con día al lugar con la esperanza de ver a su hija volver, mas los días pasaron y no sucedió nada. Lo único que el afligido padre notó fue que en el lugar comenzó tener un retoño. Este se dedicó a cuidarlo hasta que el retoño fue el frondoso árbol que ahora es.

Pero la cuestión es que a todo enamorado que va a ese lugar a, expresar su amor, es ahuyentado por ruidos, voces y cosas como te paso a ti. Se dice que ese árbol es la pasión de la chica que nunca fue satisfecha por lo que no permite que nadie lo haga tampoco.

Hubo un silencio entre el grupo. Después de unos instantes alguien dio una palmada estruendosa en la mesa, misma que hizo que me sobresaltara y que más de una de las chicas gritara, dando paso a un montón de risas e improperios que entre ellas mismas se lanzaban. Abandonaron el café así como llegaron, como un torbellino empujándose las unas a las otras, haciendo mofa del relato que hiciera una de las chicas.

Esto sí que es una buena historia para desarrollar y escribir un buen libro de terror, "un árbol viviente", ¿cómo es que no se me ocurrió antes? Pero bueno, no es el momento para reproches personales, sino para ponerse a trabajar en esa historia, desarrollarla y darle un buen final.

En la calle, con la gente, es donde están las buenas historias. Se repetía.

Llego apresuradamente a su casa, saco su libreta con todas las notas que había tomado de la plática escuchada. Las ordeno, fue a su escritorio, acomodo todas sus hojas a modo que parecieran una sola. Comenzó a escribir; a cada línea se sentía emocionado, sentía como si algo le dijera que iba por el camino correcto, que esta vez sí lograría su meta: terminar una historia y que lo más probable es que pudiera cumplir su sueño de escribir y publicar el ansiado libro.

Tardó, entre organizar los apuntes tomados en su libreta y escribir la historia, tres días. Al final de los tres días observo que tenía un total de seis hojas escritas y, que el texto escrito en ellas, era íntegramente lo dicho por las estudiantes que asistieron días atrás en la cafetería. Él no había aportado nada al texto. Seguía siendo una leyenda urbana, que era del dominio popular. Pretender hacer de ese texto un libro, era ridículo. De cualquier forma no se dio por desanimado e intentó imaginar más situaciones con el árbol viviente.

Incluso trato de ligar la historia a Arni, pero por más intentos que hacía, la imaginación no se excitaba y no salía nada de esa cabeza que pudiera escribir para continuar con la historia del árbol viviente. Espero un poco más, pero la idea no le llego ni la inspiración. Esto le molesto - pensó para si-, no es posible que no sea capaz de imaginar situaciones diferentes, esa historia de árbol, sé que tiene potencial, y mi cabeza parece negarse a darme una buena idea. ¿Donde podré encontrar, imaginación, ideas, cómo haré? Recuerda que muchas bandas famosas dicen que muchos de sus éxitos musicales, los han logrado bajo el influjo de algunas sustancias. Camina hacia a la cocina de su casa, ve una botella de tequila y comienza a beber de forma descontrolada. Un caballito tras otro, en poco tiempo siente esa relajación y calor que el tequila proporciona, se dijo, este es el estado correcto para lograr escribir, releyó el relato del árbol, su imaginación se excitó un poco y las letras comenzaron a fluir, escribía y escribía, lo hacía sin parar, sin descanso, entre más tequila consumía, más fluido era para escribir, tomaba y escribía, escribía y tomaba, continuo de ese modo por un largo rato, hasta que el sueño lo venció, cayó sobre sus hojas dormido.

Despertó ya muy entrada la mañana, con un fuerte dolor de cabeza, una pesadez y nauseas que nunca había sentido. Apretó su sienes con las palmas de sus manos, luego apoyo su manos en el escritorio, tomo un poco de agua, después tomo un tibio baño. En tanto dejaba que el agua tibia le ayudara a aliviar esa cruda. Poco a poco, como en un sueño, recordaba que había escrito gran parte de la noche. Olvido esa cruda terrible que le agobiaba, salió del baño lo más rápido que pudo, salió del baño prácticamente desnudo. Fue a donde su escritorio y, efectivamente había muchas hojas escritas, todas en desorden ¡pero muchas hojas escritas! Tomo todas las hojas, las acomodo de modo que parecieran una. Muy emocionado leyó, después de dos hojas leídas, tomo todas las hojas entre sus manos, las hizo una pequeña pelota y las tiro a la basura.

¡No es posible! Lo único que pude escribir parece más un guion de mala película pornográfica, que un relato de terror. Terror sería que alguien llegara a considerar literatura "eso" algún día.

Recorrió el trecho de su escritorio al cuarto y se tendió en la cama. Durmió tendido sobre ella dos días completos, levantándose sólo lo necesario no quería hacer nada. Al tercer día invadido por una fuerza desconocida sintió muchos ánimos. Parado frente al espejo sucio y desvencijado de su baño se dijo –Yo soy capaz de hacer lo que quiera-. Tomo un largo y relajante baño, jalo las primeras ropas que vio en su closet y salió a caminar. Entro en un café. En uno de esos que hay gente que declama, que canta, que cuenta chistes, vio y se divirtió un poco. Después, como pudo se coló al lugar en donde los artistas se preparaban para dar su espectáculo. Vio a todos preparándose para su siguiente aparición. Uno de ellos llamó su atención. Estaba ensayando su parlamento aparentemente con alguien, pero no se veía persona alguna con él. Por lo que decidió ir a verlo de cerca. Justo cuando iba a entrar, el parlante volteó, le vio, le sonrió y le dijo - ¿algo extraño, verdad? Parezco un loco hablando solo frente al espejo, ¿sabe? Siempre antes de salir al escenario, para perder un poco los nervios, me gusta practicar frente al espejo, mientras me veo en el, me parece ver a una persona distinta frente a mí y parece que soy espectador de mi mismo. Lo que me permite autocriticarme un poco y corregir ciertos movimientos o gestos, ya que como le mencione, es como si fuera otro espectador que ve su propia actuación. El artista se disculpó y le dijo que ya era su turno. Arnulfo no abandono aquel sitio sino hasta ver la actuación de aquel artista que practicaba sus diálogos frente a espejo. Después de eso, caminó a casa. Iba absorto en una idea. A la mañana siguiente, al abandonar la cama tenía buen ánimo. Salió de su casa hacia una tienda, hizo una compra y regresó a casa. Una vez en ella, sacó lo que había comprado en la tienda. Tras de su escritorio acomodo un espejo justo en frente de donde se sentaba. Tomo asiento en su lugar habitual y se dijo —Si al artista le funcionó, por qué no me ha de funcionar a mí, después de todo, de alguna manera yo también seré un artista-.

Paso la tarde viéndose al espejo, observándose de una forma, de otra, hacía muecas, situaba su rostro muy cerca del espejo para así poder ver sus ojos muy a detalle, daba pasos alejándose hasta sólo ver su tronco, se quitó la camisa, vio que su cuerpo no era precisamente el cuerpo de un atleta consumado, asunto que no le preocupó mucho ya que el viviría de lo que escribiera, no del físico que pudiera llegar a tener. Ya por la noche y cuando no había suficiente luz natural, no encendió ningún foco, sólo llevó una lámpara de mano, misma que prendió y hecho el haz luminoso sobre su cara para ver el efecto de dicho resplandor en esa superfiie reflejante, continuó así por un largo rato, jugando y tomando posturas extrañas frente al espejo, solo, con a luz de la lámpara hasta que cansado quedo dormido sobre el escritorio. Despertó por la mañana con otra idea, misma que consideró divertida. Decidió ir a la misma tienda y comprar un espejo igual al anterior, colocarlo también frente a su escritorio a modo de verse "doblemente"; le parecía una idea muy original y en el fondo pensaba que eso le daría el doble de creatividad. Esta vez espero hasta que la luz natural no fuera suficiente para verse en los espejos y una vez que el ocaso hizo su arribo; prendió su lámpara y comenzó nuevamente con su juego de luz y gestos interminables. Escondido bajo su escritorio salía en forma precipitada para ver si era posible verse antes que su reflejo, nuevamente daba pasos hacia atrás retirándose de los espejos, luego corría hacia ellos, brincaba, bailaba, gritaba, sacaba la lengua, jugaba a hacer figuras con las manos bajo la luz de la lámpara para ver el reflejo de la sombra proyectadas por ellas, se veía, se contemplaba, se admiraba. El sueño lo venció en ese juego de reflejos, durmió sobre el escritorio;

al fondo las imágenes reflejadas daban la impresión de estar viendo como dormía Arnulfo. Durmió quien sabe cuánto tiempo, cuando despertó estaba invadido por una extraña sensación, una especie de ansiedad por algo, tenía la necesidad de recordar algo, sabía que algo había olvidado y que era importante recordarlo. Estuvo en ese estado por unos minutos después comenzó a recordar un extraño sueño que había tenido. Tomó una hoja, el lápiz y escribió unas líneas a estas sucedieron otras, las líneas completaron una hoja a esta la sucedieron muchas más. Sentía emoción. Escribía sin parar, una hoja tras otra. Solo paraba para reorganizar sus ideas sobre el sueño aquel y seguir escribiendo. No sentía ni sueño, ni cansancio, ni siquiera hambre, nada lo separaba de su escritura. Descansaba por minutos si acaso por algunas horas, así lo hizo por un mes entero, hasta terminar por competo de expresar su sueño en palabras. Una vez terminada tan ardua labor, organizo todo lo escrito para llevarlo a una casa editorial y esperar que alguna de ellas se interesaran por su trabajo y así poder lograr la tan ansiada publicación por la que tanto se había desvelado y esforzado.

Iba a salir de su casa, a las casas editoriales, cuando en el espejo del baño, vió lo desaseado de su persona. Tomo un baño, vistió con sus mejores ropas, mas no se rasuró, pues pensó que esto le daba más aire de escritor sofisticado. Le tomó tres días encontrar una casa editorial que quisiera atenderle y leer su libro. Una vez en el lugar de la cita, le hicieron esperar por cuatro horas antes de que un ejecutivo lo atendiera, el ejecutivo lo pasó a su oficina, Arnulfo entregó los escritos. El ejecutivo leyó la primera página, la colocó junto a las demás, observo al novel escritor y le dijo; ¿sabe?, su libro es muy bueno y creo que más de una casa editorial le hubiera gustado hacer la publicación de su material -. Esto iluminó el rostro de nuestro amigo y le provocó una emoción casi incontenible-, el ejecutivo continuó diciendo. Lamentablemente usted trae este material con dos meses de retraso, este libro ya se ha publicado y es uno de los libros con mayor venta actualmente.

Al escuchar estas palabras, Arnulfo no daba crédito a lo pronunciado por aquel ejecutivo, paso del encanto a la vergüenza, ya que se decía; primero: que no era posible que eso le estuviera pasando; segundo: que el ejecutivo se estaría burlando de él en cuanto saliera de esa oficina, ya que lo consideraría un loco al tratar de vender una idea que no era propia.

Arnulfo solo atino a decir; lo... lo siento disculpe por quitarle su tiempo. Salió muy deprisa a punto de correr de la casa editorial rumbo de su casa.

¿Dos meses? ¡Eso no es posible! — se decía—. No sabía qué hacer. La primera vez que lograba terminar algo que empezaba a escribir y resulta que alguien más lo había publicado. Le tomo cerca de tres horas tranquilizarse. Daba vueltas por toda la casa, vociferando, se sentaba, tomaba caballitos de tequila, repetía una y otra vez que dicho hecho era imposible.

Una vez más tranquilizado por los efectos relajantes del tequila, tomo la botella, el caballito; sentado frente a sus espejos, vio su reflejo, pensó y recordó haber escuchado en alguna ocasión que cosas así sucedían de forma muy esporádica casi como algo que nadie puede imaginar, eso de que dos personas tengan la misma idea y uno sea el primero que la desarrolla y obtiene todo el crédito. El jamás creyó que eso pudiera sucederle.

Viendo su imagen reflejada por los espejos, comenzó a imprecar en su contra, a cada improperio le seguía un caballito de tequila. Tonto, pasivo, estúpido, estos y otros altisonantes fuero dichos por Arnulfo a su persona, al no lograr tener ideas propias que le permitieran escribir un libro. Siguió así por un tiempo hasta que irremediablemente se durmió frente a los espejos y encima a su escritorio.

Despertó después de quien sabe que tanto tiempo. Lo hizo sin la menor molestia de cruda alguna. Mas despertó con una idea en la cabeza, tomo sus hojas como de mala gana, escribió la idea y luego comenzaron a brotar imágenes y situaciones en su imaginación que plasmaba en letras sobre el papel, nuevamente escribió hasta el cansancio, acerco a él todo el tipo de fritura y comida que pudiera tomar con facilidad para no dejar de escribir. Escribió de día y de noche. Esta vez tardo mes y medio en terminar de desarrollar la idea inicial.

No perdió tiempo en tomar una ducha. Únicamente mudo su ropa, salió a la calle en busca de una casa editorial. En su trayecto notó que en una librería había un nutrido grupo de personas como esperando algo, se les veía impacientes eran personas de todas las edades y tipos, todos muy impacientes. Él, algo intrigado por aquel movimiento de gente se acerco e interrogo a uno de ellos ¿qué sucede? ¿Por quién esperan? ¿Qué ha sucedido? Este le contesto –¿No lo sabe?

—No, respondió Arnulfo—

Es la segunda publicación de este escritor en menos de un año y dicen que este libro es mejor que el anterior. La crítica no para de elogiarlo y de solicitarle que de una entrevista y se nos ha dicho que es posible que hoy acuda todos queremos conocerle y pedirle un autógrafo ¿hace cuanto que ha hecho esta publicación? –Pregunto Arnulfo— – no lo sé me parece que hace unas seis semanas – respondió aquel—

¿Qué será lo que este nuevo escritor publicó que provoca estos aglutinamientos? – Se pregunto Arnulfo—

Abriéndose paso entre el gentío entro en la librería y compro un ejemplar del grandioso libro. La gente a su alrededor le dijo – gran compra amigo, ¿esperara al escritor? Nos han dicho que hoy vendrá aquí y por fin le podremos conocer, nadie sabe nada de él, nadie lo conoce, aquí nosotros seremos los primeros en conocerle, los primeros en tener un libro de su autoría firmado por él. Arnulfo sólo lanzo una sonrisa sobre los hablantes y dijo –no, yo no–.

Salió de la librería busco una banca, saco el libro, lo abrió y comenzó a leerlo devoró la primera pagina, luego la segunda, su semblante fue muy serio, camino rumbo de su casa. Por poco y olvida su proyecto en la banca en que estaba sentado. Regreso por el, lo metió en la bolsa junto con el libro que recién acababa de adquirir y regreso a su casa.

Entro en su casa cerró la puerta de forma violenta se quito el saco y lo aventó a ningún lugar. Tomo el libro de la bolsa, saco sus hojas, abrió el libro en una hoja cualquiera busco en sus hojas y las leyó. Eso era ¡IMPOSIBLE! Era su idea, su historia, ese triunfo de nuevo era su suyo de eso estaba seguro. ¿Cómo pudo ser? ¿Cómo logro publicarlo antes que yo? ¿Quién es ese mal nacido? Y lo más importante como es que tiene acceso a mis ideas y las publica. Recordó lo que los clientes de la librería le habían dicho – nadie sabe quién es, nadie lo conoce – claro nadie lo conoce no se atreve a dar la cara pues él sabe que esa idea no es la suya y sabe que en cuanto sepa quién es, le matare. Irremediablemente le matare. Esos elogios son MÍOS yo me los gané.

Salió furioso rumbo a la librería en donde le habían dicho se presentaría aquel autor desconocido, aquel impostor. Ahí lo esperaría y le obligaría a decir que había robado esa idea, que esa idea era de Arnulfo, no de ese desconocido, no importa qué forma empleará Arnulfo sólo quería tener el debido reconocimiento a su esfuerzo.

Espero fuera de la librería, espero y espero. Sin que el escritor usurpador de su idea se presentara. De hecho nunca llego. La gente que ahí le esperaba se fue lanzando algunos improperios contra del escritor otros lamentándose y otros más diciendo que sólo el sabía como mantener interesada a la gente. Que él sí sabía como hacerse publicidad así mismo, que él sí era un verdadero artista.

Estas manifestaciones aumentaban la ira de Arnulfo y se decía –esos elogios, esas maldiciones todas son míos y nada más que míos. El no presentarse no hace más que agravar su culpa. Seguramente al darse cuenta de mi presencia decidió no presentarse. Furioso y sin poder hacer nada decidió irse a su casa.

Una y otra vez se hacía la misma pregunta ¿cómo es que lo hizo? Encendió el televisor y escucho la noticia: su segunda novela, magnifica, lo más sorprendente es el corto tiempo que hay entre ambas. Esas palabras le hicieron preguntarse, ¿la segunda novela? claro este malnacido de alguna manera ingreso a mi casa cuando escribí la primer novela, la copio y la publico antes que yo. Ahora ha encontrado la forma de aprovechar los momentos en que duermo, copia los escritos y se adelanta a hacer la publicación. Esa es la única explicación lógica.

Por la mañana fue temprano y pidió una entrevista con el editor el jefe de la casa editorial, aduciendo que él era el autor de aquellas novelas. Extrañamente lo recibieron casi de forma inmediata.

Una vez en la oficina del editor este le dijo; vaya que usted es un mago en eso de la publicidad mí amigo, no recuerdo haber tenido tal éxito con ninguno de nuestros libros y, ahora que usted aparece por fin podremos poner nombre y rostro al autor de los libros. Sin mencionar el impacto que esto causara en la prensa, usted incrementara en un dos cientos por ciento las ventas señor mío.

Arnulfo a cada palabra del editor, se enardecía más y dijo de forma muy molesta, pues claro que la prensa se excitará con mi presencia. Yo soy el verdadero autor de esas novelas y traigo aquí los escritos originales para demostrarlo.

—De un maletín saco los manuscritos y los aventó al escritorio del editor. Véalos ahí, esos son los originales. El editor en parte sorprendido y en parte molesto dijo: ¿hace cuanto que tiene usted esos escritos Terminados? Hace unos días, comencé seis semanas atrás a escribirlos. – contesto Arnulfo.

El editor miro a Arnulfo y le dijo: ¿sabe que el libro salió a la venta hace dos meses? Ahora bien yo tengo los originales bajo mi poder. Llegaron a mí un día en un sobre, cerrado, sin nombre, sin remitente. Al intentar investigar quien lo había enviado sólo supieron decirme que alguien lo había dejado con atención a mi persona. Leí el material y me pareció muy bueno e hice la primera publicación, esperando a que el autor saliera del anonimato. Con el segundo libro ocurrió lo mismo sólo que esta vez uno de mis asistentes me dijo que ambas obras eran de su autoría. Por lo que preparamos una gran presentación para él pero hasta ahora no hemos vuelto a saber de él. Ahora bien señor piense. Entre el tiempo que yo recibí el paquete y hasta el momento de sacar a la venta el libro, han pasado dos meses y si usted dice que le llevo seis semanas la realización de su libro, lo más lógico es pensar que usted fue de los primeros en comprar este libro, trascribirlo y, a sabiendas de que nadie conoce ni sabe del autor, usted se presenta como el autor del libro y listo. Por lo que dada la información que usted mismo me proporciona, es usted un farsante. Yo tengo los escritos originales hágame el favor de salir de mi oficina — sentencio—

Arnulfo desconcertado por lo que acababa de relatarle el editor, tomo sus Cosas y salió de la oficina del editor sin poder entender lo que estaba sucediendo.

Vagó por largo tiempo y sin rumbo. No sabía qué hacer ¿qué sucedía? ¿No hay autor? Pero si yo lo soy –decía– ¿qué hacer para poder recibir los elogios por su esfuerzo, por su imaginación? ¡Nada! Caminó y caminó, hasta que sin darse cuenta estaba en su casa sentado y lamentándose el no perder reclamar sus triunfos.

Saco su botella de tequila de la alacena. Tomo dos caballitos uno tras otro, hubo un brillo extraño en sus ojos. Fue a su escritorio tomo asiento frente a los espejos saco su manuscrito y el libro publicado, dio un largo trago a la botella de tequila, jalo el cesto metálico de basura, apago las luces, encendió un cerillo, vertió algo de tequila sobre sus hojas les prendió fuego y las arrojo dentro del cesto de basura. En tanto las hojas eran devoradas por el fuego, Arnulfo bailo alrededor del cesto de basura una vez que el fuego se avivo lo suficiente arrojo el libro también al cesto de basura, el crepitar del fuego parecía un murmullo. Del cesto emergió una gran lengua de fuego, Arnulfo se asombro de tal altura de la llama y bebió casi de un giro el contenido de la botella de tequila: Bailaba y tomaba, hacia ruidos extraños, se carcajeaba sin cesar, lanzaba risas como burlándose de sí mismo. Al ver su reflejo en los espejos a la luz del fuego, con esas risas de dolor. Daba la impresión de estar viendo a tres personas distintas, dos reflejadas por los espejos y a él.

Ni el mismo recuerda que pasó o a qué hora fue que durmió, tampoco recuerda por cuánto tiempo lo hizo. Menos sabe a qué hora despertó ni tampoco se explica, como es que después de tomar un litro de tequila no siente cruda alguna.

Sale de su casa. Camina por largo rato. Va sin rumbo. Después de algunas horas de caminar sin rumbo, sus pies o sus pensamientos lo situaron parado afuera de la librería en donde se presentaría el autor desconocido. Ve los libros y luego piensa. Finalmente nunca me tome la molestia de leer todo el libro por completo. Ni supe cual es la sensación de tener entre mis manos mis manuscritos publicados en un libro. Entra a la librería va al mostrador, habla con una de las vendedoras y pide: deme los dos libros del autor desconocido. La vendedora pregunta ¿los dos? – Si señorita ambos- responde Arnulfo-

Lo siento señor pero el escritor desconocido sólo tiene una publicación.

–Señorita—dice Arnulfo—hace unos días o ayer no estoy seguro, ustedes tenían la segunda publicación a la venta, he incluso esperaban a que él llegara para una firma de autógrafos.

– Lo siento señor pero nosotros no tenemos noticias de una segunda publicación y mucho menos, de que el autor desconocido tenga planeado venir, de cualquier forma permítame un momento, le voy a traer el libro.

No señorita así déjelo, no se moleste. Salió de la librería muy aturdido sin dar crédito a lo escuchado, pensaba. Si no hay publicación de un segundo libro, entonces ¿en donde está ese libro? Nuevamente camino sin rumbo, tratando de entender que estaba pasando. Después de un rato de sin rumbo caminar. Noto que había llegado, sin recordar cómo, a su casa. Estaba sentado en frente a los espejos, hablándoles se podría decir que conversaba frente a sus reflejos.

Ya entrada la noche, después de haber capitulado todo lo que había pasado desde su primer libro, hasta ahora. Una pequeña mueca, una leve sonrisa ilumino su rostro. Abrió uno de los cajones del escritorio, tomo entre sus manos su primer libro, jalo el cesto de basura metálico y lo quemo. Contemplaba como ardían las hojas mientras de reojo veía sus reflejos en los espejos. Una vez consumidas las hojas por el fuego, río y dijo; es una locura. En su cuarto justo antes de quedarse dormido, creyó escuchar voces cerca de su escritorio.

Despertó aturdido, cansado, con dolor de espalda y de cabeza, con un mal sabor de boca, tomo un largo baño, se vistió informalmente y salió. Parado frente a la librería, dudo un poco y finalmente entro en ella. Le pareció que la librería era algo diferente pero no logro notar cual era la diferencia. Hablo con una de las señoritas encargadas y le

Historias lamentables del deseo 35

solicito — deseo el libro del autor desconocido. — perdón señor ¿autor desconocido? — si señorita la novela del autor desconocido — lo siento señor no contamos con ningún libro de un autor desconocido.

Eufórico, salió de la librería sabía que podía, por fin reclamar la autoría de los libros y recibir los elogios que tanto se merecía.

En el trayecto a su casa, en medio de aquella emoción, pensó y cayó en cuenta que, no había publicación, ni copia alguna de los libro. Entonces ¿qué reclamo hará y con qué pruebas? No le da mucha importancia sabe que es capaz de escribir, ya lo ha hecho en dos ocasiones, así que no habrá problema por hacerlo nuevamente.

Una vez en su casa, lleno un termo con café, visito un parque, ya ahí busco el árbol más frondoso para, a su sombra darse a la tarea de escribir su próximo libro y su próximo gran éxito. Cuando hubo escogido un árbol que le satisfacía, saco su cuaderno, su pluma, y espero porque un buena idea llegara a él y pudiera desarrollarla.

Las horas pasaron, bebió por completo el café contenido en el termo, la tarde se hizo fría. No logro escribir ni una sola línea, ni una sola palabra, ni una silaba. Desalentado emprendió el retorno a casa, pensando y preguntándose ¿por qué no había sido capaz de escribir? Parecía que, o él tenía la impresión que por los hechos acontecidos, ya era un escritor con la suficiente imaginación para logran sin problema su siguiente libro.

Llego a su casa escucho algo de música ¿quizá música clásica? Dijo, eso podría ayudarme un poco.

Mientras escuchaba música, seguía preguntándose ¿cuál sería la causa de su repentino bache creativo? Tirado en un sillón, saboreo un caballito de tequila y repaso todos los hechos ocurridos en esos meses pasados. Estaba quedándose dormido, cuando de pronto se levanto como impulsado con un resorte y con cara de incredulidad; fue a su escritorio, tomo asiento frente a los espejos, acomodo las hojas a modo que pareciera que fueran una, puso el lápiz entre sus dedos. Espero y espero hasta que el sueño le venció durmió con su cabeza recargada sobre las hojas. Despertó después de quien sabe cuánto tiempo, era tarde, así lo indicaba el sol. Despertó con una idea en la cabeza, comenzó escribirla. Al escribir notaba que parecía que lo hacía por un acto reflejo como si no fuera él quien guiaba su mano. Escribió sin parar y casi sin descansar no recuerda cuanto tiempo le llevo esta vez, pero le parece que ha sido un periodo muy corto de tiempo. Dejo de escribir. Una ducha, rasurarse, comer un poco, después salir eso es lo que haría. Camino con paso tranquilo hasta la librería, no llevaba sus escritos llego a la librería. Sí; había una publicación nueva, un nuevo libro, ahora había que comprobar si era lo que él acababa de escribir o no. Compro el libro leyó las primeras páginas, sí, así era, ese era su libro. Sabía que debía destruir el original. Sabía que una vez que lo destruía, el libro desaparecía, y ahora también sabía que si lo reescribía, también el libro aparecería ¿cómo hacerlo y poder reclamar su autoría? También sabía que una vez que destruía el original, ya no recobra lo que había escrito. Ahora bien todo había ocurrido frente a los espejos, excepto el reescribirla. Así que se dijo: hay que intentarlo.

Quemo el legajo original del libro lo hizo frente a los espejos. Comenzó a reescribir, logro recordar todo el libro completo, pero esta vez no lo termino dejo pendiente solo seis palabras. Fue hacia la editorial pidió una cita con el editor en jefe, este al leer el proyecto quedo maravillado con las primeras páginas. Le pregunto a Arnulfo, si el libro estaba terminado. Este respondió que necesitaba de una semana para concluirlo pero que era cuestión de algunos toques finales. El editor le dijo que en cuanto estuviera terminado lo llevara para su edición final y posterior publicación a lo que Arnulfo respondió: mire señor yo a usted le garantizo que este libro es y será un éxito y, usted y su casa editorial harán más dinero del que al día de hoy han hecho. Lo único que yo le pido es que comience con el trabajo de la edición y cuando tenga usted listo la compaginación final me llame, le entregare el final del libro y usted se encarga de la publicación.

El editor lo pensó un poco y dijo: está bien, yo te llamo en cuanto esté lista la compaginación.

Arnulfo salió de la casa editorial pensando lo siguiente; si el libro no está terminado, no puede aparecer publicado en otro lado, una vez hecha la publicación aun y cuando apareciera misteriosamente otra, él sería el primero en haber presentado ese libro, por lo que nadie dudaría que él fuera el verdadero autor.

Las tres semanas siguientes estuvo a la espera del llamado del editor, una tarde se le informo que debía acudir a la casa editorial, así lo hizo entrego el final, mismo que escribió justo antes de entregarlo para la edición y la compaginación. Eso fue todo, le dijeron que la semana entrante sería, distribuido y sacado a la venta.

El sabía cuál sería el resultado de dicha distribución y venta. Salió de la casa editorial, camino despacio hacia su casa a esperar por el llamado de la casa editorial. Dos semanas después le llamaron, él estaba preparado para lo que le esperaba. Al llegar a la casa editorial y a pesar de que Arnulfo sabía que su libro era y sería un éxito, no esperaba el recibimiento que le dieron en la misma. Había un nutrido grupo de personas, había botellas de vino, de hecho el jefe editor ya lo espera con una copa de vino, para brindar por el éxito obtenido por las magnificas ventas logradas por el libro. Le felicitaron ampliamente por las ventas, le dijeron que estaban preparando un segundo tiraje, de igual manera le cuestionaron sobre el tiempo en que se pondría a trabajar en su siguiente libro, a lo que él respondió, quizá lo haga está misma noche, ante tal respuesta el editor y su grupo rieron manifestando su agrado por el entusiasmo del novel escritor.

El libro tenía un éxito inusitado, nunca ninguna otra publicación había tenido tal impacto en los lectores, provocado que estos abarrotaran las librerías con tal de comprar una copia del libro. Eran los mismos lectores quienes pedían, exigían a través de cartas a la casa editorial la publicación de un nuevo libro. Todo esto pasaba a tan sólo tres semanas de la publicación.

La crítica elogiaba al libro. La forma de llevar la trama, la manera en que amalgamaba la ficción y la realidad, la heterogeneidad con que contaba lo increíble y lo exacto. En resumen no existía objeción alguna a la obra de Arnulfo. En lo que los críticos coincidían era en el hecho de que, un libro de tal calidad se concebía una vez, pero que el hecho de que el novel autor lo haya logrado en su primer publicación era señal de que era un hecho irrepetible y aislado.

Arnulfo al enterarse de todo lo que la critica decía, decidió demostrarles a todos lo equivocados que estaban. Sabía que gracias a los espejos pasaba lo que pasaba. Por un momento pensó en aumentar la cantidad de espejos. Esto le permitiría muchas más ideas, se decía, seré el escritor más fecundo de todos los tiempos. Escribiré obras tan grandes que seré un referente en la literatura mundial. Mí legado durara para siempre. Cuando la gente hable de literatura tendrán que referir mi nombre irremediablemente, yo daré un nuevo sentido a las novelas y a la escritura, me convertiré en un dios de la literatura.

Llenaré de espejos mi casa si es preciso -pensó-. Verdaderamente era para Arnulfo una interrogante saber cuántos espejos debía aumentar ¿qué cantidad sería la adecuada? Llenar la casa de espejos no era una buena idea. Sólo el pensar en la limpieza de los mismos y por si eso fuera poco lo más probable es que tuviera problemas al tratar de hacer los recorridos rutinarios, tales como el simple hecho de ir al baño ¿cuál será la cantidad adecuada de espejos?-se preguntaba-.

Era cerca de la media noche, por la ventana se podía ver una hermosa luna, brillante, majestuosa, un plenilunio espectacular. La luna, el sol, los planetas- pensaba y fue entonces que lo supo-. Temprano por la mañana acudió a la tienda donde había comprado los anteriores espejos e hizo un pedido especial. Cerca de las tres de la tarde llegaron unos hombres a su domicilio llevaron a cabo la entrega y el acomodo de los espejos según las instrucciones de Arnulfo. Este contemplo su "obra". Adiciono cinco espejos más a los anteriores, entonces se dijo: siete son los colores del arcoíris, siete los cuerpos celestes que a simple vista se pueden observar, siete las maravillas del mundo, siete las notas musicales, siete mares, siete los chacras, siete los sacramentos... y si lo sigo pensando e investigando habrá más cosas relacionadas con el siete, siete es el número perfecto. Se situó justo en medio de los siete espejos vio su reflejo por siete veces. Al contemplarse quedo como en un lugar indeterminado, sin tiempo, sin espacio, un vacio profundo, se veía y a la vez se reproducía a sí mismo, una sensación hipnótica, relajante, pero algo aterradora, de pronto se sentía observado y juzgado. Pronto ese pensamiento fue remplazado por lo siguiente; así es como será-se dijo- yo, y solo yo, todos querrán mis libros. No habrá precedentes de lo que lograré. Seré una referencia en la literatura universal, ¡sólo yo!

Nuevamente experimento esa sensación de vacío, de estar en ningún lado sin nadie más que él y su grandeza. Comenzó a visualizar su vida futura. Llena de éxitos, de fama, popularidad, excesos. Todo, sabía que cuanto deseara lo lograría gracias a sus publicaciones. Acto seguido escribió sin parar, lo hacía frenéticamente, los reflejos que ante el estaban, parecían vigilarle.

Estaba en su ardua labor de escribir. No sabía cuánto tiempo había pasado desde que escribió la primera línea, pero noto que un grupo de moscas le estaban molestando y no le permitían seguir escribiendo de forma fluida. En vano intento ahuyentarlas. Las moscas no parecían dispuestas a irse y, un poco fastidiado por los fallidos intentos por echarlas se resigno a seguir escribiendo. Las moscas de pronto aumentaron en su número, la mayoría de ellas se posaron sobre el tercer espejo de derecha a izquierda viéndolos desde la perspectiva de Arnulfo. Situación a la que Arnulfo no le dio importancia y continuo escribiendo, de cuando en cuando las moscas revoloteaban a su alrededor.

No tomo el tiempo que le llevo escribir su segundo libro. Una vez terminado este, salió a la calle y pudo escuchar lo siguiente: ha aparecido una nueva publicación que por su ingenio, supera a lo escrito hace tres meses por Arnulfo. Ignoramos de quien es esta nueva obra, el competidor de Arnulfo prefiere el anonimato.

Arnulfo sintió la emoción de ese nuevo éxito "suyo". Inmediatamente partió con rumbo a su casa para comenzar con la destrucción del original, la reescritura del mismo y su no culminación.

Si tan sólo estas moscas fueran un poco menos molestas lograría escribir con una mayor tranquilidad, molesto se repetía Arnulfo. Conforme avanzaba en la reescritura de su libro se olvidaba de las moscas y ya no lograba notar nada excepto sus reflejos y lo que escribía. Casi ha terminado de escribir.

Ahora debo de ir la casa editorial, una vez en ella, lo recibe el jefe editor, ¡Arnulfo! Qué bien que has venido, dime ¿me tienes algo?

-mi nuevo libro señor.

-¡Tan pronto! hace menos de cuatro meses que publicamos el primero, y ni hablar de que ya vamos a ordenar una nueva edición.

-Escribir para mí lo es todo señor, no hago más que eso, escribir y escribir, los libros son para mí... como decirlo... sí, son un reflejo de mí.

-Aun y cuando tu primer libro se publico sin corrección alguna, debo de revisarlo y ver la viabilidad de su publicación.

-Ahórrese el tiempo de leerlo para revisarlo, le aseguro que este es mejor que el anterior y será un éxito también. – Sentencio Arnulfo-.

El editor sonrió un poco y pensó. Estos nuevos escritores creen que porque publican un libro con éxito, todas sus demás publicaciones lo serán.

-Es un mero formulismo Arnulfo, ¿te parece si te llamo para decirte cuando me traigas el final de este tu nuevo éxito?

Al escuchar eso Arnulfo dio media vuelta colérico por lo dicho por el editor y de forma imperativa le dijo;

- Si sigue usted con esa actitud, tendré que buscar una nueva editorial que sí confié en su escritor. No tarde mucho en llamar, no me gusta esperar. Salió de la oficina del editor, iba hablando solo y manoteando por la desconfianza que el editor tenia respecto de sus obras.

Una vez que Arnulfo se fue de la oficina del editor, este pensó que nunca había conocido a un tipo tan pagado de sí mismo y con tal altanería al afirmar que ese nuevo material, sería un nuevo éxito. Por un momento pesó en dejar el nuevo material de Arnulfo unas semanas en la congeladora, así aquel novel escritor tranquilizaría un poco sus ímpetus y tendría una mayor educación al momento de realizar sus peticiones y hacer sus comentarios. Pasadas unas horas, el editor se dijo que sería más satisfactorio leer ese nuevo material, darse cuenta que obviamente no era posible superar al primer libro escrito por Arnulfo en tan poco tiempo, llamarle y decirle; lo siento tu material es carente de consistencia y para no frenar las ventas de tu anterior libro, no llevaremos a cabo la publicación, hasta que lo corrijas.

Saco del sobre que contenía el libro de Arnulfo la primera hoja, comenzó a leerla a está le siguieron una tras otra, hasta prácticamente culminar el libro, cuando se dio cuenta habían pasado dos horas desde que saco la primer hoja, consulto su reloj, tomo el teléfono y pidió a su secretaria que le dijera a Arnulfo, que en cuanto tuviera listo el final del libro lo llevara, ya que la edición comenzaría esa mismo día.

Arnulfo le contesto al jefe editor, que le parecía inaudito haberle hecho esperar tanto por la respuesta y dada su demora y falta de consideración para con él, ese sería el último libro que él publicaría en ese "sitio". A menos claro que se cumplieran "ciertos" requisitos, mismos que se los haría saber esa misma tarde.

Arnulfo entro sin previo aviso a la oficina del editor y sin más le dijo;

Sólo tengo una petición por hacerle, es muy sencilla y sin muchas complicaciones, si usted es el hombre visionario que creo yo, sin duda la aceptara

-Dime Arnulfo, te escucho. El jefe no estaba preparado para la propuesta que Arnulfo formularía.

- lo único que quiero es que, en este lugar no se hagan más ediciones y publicaciones que mis obras.

- ¡¿Arnulfo, que dices?! Lo que pides no es posible.

- ¿Por qué?, pregunto Arnulfo.

- No es posible que tú solo satisfagas a cientos de lectores, la gente no sólo lee tus libros Arnulfo, y no sólo nos dedicamos a editar libros, editamos revistas, folletos, tiras cómicas y una gama muy amplia de diversos géneros que tú nunca tocaras.

-La gente leerá y consumirá lo que yo les diga que lean, ellos serán adictos a mis libros, mis libros serán su alimento, los amantes de los libros encontraran en mis letras toda la satisfacción que ellos necesitan, todo lo anterior resultara en millones para usted y en fama y fortuna para mi.

- Lo que pides no es posible Arnulfo, no puedes intentar convertirte en un pequeño monopolio de la industria de la edición. Es cierto que tus libros son buenos, pero no lo suficiente para hacer de ellos una droga maravillosa de la que los lectores no puedan prescindir.

- ¡Por supuesto que lo serán! Notifíqueme cuando tenga lista la edición final y le traeré el final de mi libro, esta será la última vez que nos veamos.

Los ejecutivos y directivos de la casa editorial al enterarse de la resolución de Arnulfo, hicieron una y otra proposición, ninguna de ellas le satisfacía del todo. Por lo que Arnulfo dejo de lado por completo ese asunto y sabedor de su capacidad, pensó en que con las regalías que obtendría de sus libros podría montar él y sin ayuda de nadie su propia casa editorial, en donde sólo se publicarían lo que él escribiera. Una semana después de su rompimiento con aquella casa editorial, tocaron a la puerta de su casa, abrió y un hombre le dijo.

Arnulfo, sabemos de su talento y de sus aspiraciones, mucho es lo que pide y sabemos que mucho es lo que usted nos puede dar. Vengo hacerle la siguiente propuesta. La casa editorial Olen, pondrá a su disposición un piso entero, el personal lo podrá elegir usted o si así lo prefiere la casa editorial se encargará de elegir el personal adecuado y calificado por usted. Dicho piso se dedicará exclusivamente a su libros y sus necesidades, todos los gastos inherentes a las funciones de la oficina, del personal y gastos propios de dicho piso serán cubiertos por Olen, se dispondrá del lugar que usted elija para cambiar su residencia, independientemente de lo anterior en el piso usted contará con un lugar privado, mismo que será decorado a su más entero gusto, todo lo anterior con el único fin de que usted se dedique única y exclusivamente a escribir.

Es una propuesta maravillosa. Todo un grupo de personas a mi servicio y dedicadas a satisfacerme, dos lugares en los cuales podre escribir de forma más cómoda y dejar esa casa que cada día parece estar más infestada de moscas. Pensaba todo esto mientras el representante de Olen esperaba por su repuesta.

Arnulfo miro al representante de Olen con cierta altivez y le dijo: mañana tendrán mi respuesta. El representante sonrió, extendió su mano y entrego una tarjeta a Arnulfo, al abrir la puerta un enjambre de moscas formando una pequeña nube negra salió tras el representante, al ver lo anterior Arnulfo pensó; todo lo que necesitaban era que otra persona estuviera para irse tras ella.

Vislumbró como seria su nueva vida en un piso entero para él, un lugar más cómodo para escribir, un espacio mucho más amplio, una vida llena de lujos y más éxitos. Se disponía a escribir, viendo su imagen reflejada tantas veces, comenzó a sentir sueño, durmió, despertó repentinamente y con una extraña sensación, creía que alguien le observaba, volteo al espejo y vio su rostro desfigurado con marcas muy similares a las dejadas después de haber sufrido graves quemaduras, lentamente se llevo las manos al rostro, sintió las horribles cicatrices. Al palparlas y sentirlas entre sus dedos, lanzo un grito espantoso, acto seguido los espejos se quebraron en cientos de pedazos que fueron a incrustarse en su rostro, sentía como cada afilado trozo de espejo se clavaba una y otra vez sobre su rostro, se quitaba los pedazos de espejo de su cara, al hacerlo se laceraba más la cara y sus manos. Frenéticamente quitó todos los trozos de espejo de su cara, esta parecían un trozo de carne sanguinolento, donde se podían ver parte de la mandíbula, horrorizado por lo que veía intentó salir y pedir ayuda, al intentarlo un cúmulo de moscas revoloteo hacia él, estas terminaron por llenarle la cara y posarse en ella como si de un pedazo de carne putrefacta se tratara, ante tal dolor y sensación cayó al suelo, mientras caía volvió a lanzar un grito desesperado, una vez en el suelo sentía como las moscas caminaban por su carne expuesta, como entraban por su boca y sus fosas nasales, gritaba desesperado por ayuda.

Se incorporó, quitó todas las moscas de su rostro, se vio en los espejos, su cara era la misma, era igual que antes, los espejos estaban intactos, lo único diferente era que las moscas habían vuelto, inspiro y soltó el aire de forma violenta, dijo en voz alta frente a los espejos –definitivamente tengo que dejar este lugar, mañana aceptare la oferta e Olen.

Una vez en Olen, fue conducido a su piso, ya había un grupo de personas listas y a su disposición, entre ellos había una secretaria personal. El representante de Olen dijo: –sabíamos que era una oferta que no podía rechazar.

Arnulfo aún sorprendido fue llevado hasta su despacho, su nombre estaba a la entrada, en el vidrio de la puerta, con letras doradas. Nunca imagino que él pudiera tener esa clase de atención y de lujo, estaba en un mundo nuevo y quería descubrirlo al instante. Así que no dudo en decirle al representante que lo dejara solo porque necesitaba estar solo para logra escribir, el representante salió. Arnulfo se regocijó en aquella oficina tan amplia, tan llena de luz, suya y sólo suya. Tomó asiento en el escritorio dispuesto para él, subió los pies y gozó aquel momento de logros. La atmosfera en aquel privado era muy relajante, una música ligera sonaba, el aroma en el aire era ese aroma que se percibe de tener cosas todas nuevas, el clima dentro de ella estaba controlado y era muy confortable, todos esos elementos invitaban a la relajación, a la meditación, poco a poco cerró los ojos, en un instante se vio rodeado por seis personas idénticas a él pero de alguna forma distintas entre sí, formaban un circulo rodeándole, de pronto todos casi en un mismo movimiento le cogieron, unos a cada brazo, otros a cada pierna, uno le monto y el otro lo cogía por el cuello. El que estaba montado en él dijo algo que Arnulfo no comprendió ¡olnagah! Y todos a un tiempo intentaron arrancar sus extremidades, mientras que el montado en él, se paro en el abdomen de Arnulfo, comenzó a saltar y gritaba frenético ¡somav! Arnulfo sentía como a cada tirón poco, a poco se desprendían los miembros de su tronco, después de algunos minuto de tirones los miembros de Arnulfo cedieron todos a un mismo tiempo, inclusive sintió como su cabeza se desprendió de su tronco y pudo ver sus piernas y brazos desprendidos por completo, vio como uno de ellos tomó su cabeza por los cabellos y la movió para que pudiera ver su cuerpo desmembrado, todos rieron al unísono, tiraron su cabeza al suelo y desaparecieron. Abrió los ojos. Ahí estaba en su nuevo privado, intacto con sus pies sobre el escritorio nuevo, todo estaba en su sitio, volvió a admirar su nuevo espacio, se levantó y regreso a su casa. Frente a los espejos dijo –todo lo que necesito esta aquí, no requiero de un lugar más espacioso o iluminado denme lo que quiero tener, quiero ser una referencia en la literatura universal. Dio la impresión que los reflejos asintieron. Se sentaron apenas antes que él. Arnulfo escribió su próximo éxito.

Unos meses después llamo al representante de Olen, informándole que sus nuevos libros estaban listos, que podía pasar por ellos para arreglar los términos de la publicación. Una vez que llego el representante, Arnulfo le dijo la forma en que le daría los libros: indicó que daría el texto y cuando la casa editorial tuviera casi lista publicación, se le informara de este hecho para así hacerle llegar el final de la obra. Al representante le pareció una forma extraña de llevar a cabo el trabajo, no obstante, no realizó objeción alguna. Por otro lado le señalo a Arnulfo que debería mandar a fumigar o mudarse a la casa que había puesto a su disposición, ya que las moscas hacían imposible la estadía en el sitio. Arnulfo se levanto, abrió la puerta de salida le dijo al representante que saliera de su casa.

Tal y como ya era sabido por Arnulfo, el libro que publicó Olen, fue éxito total y rotundo, miles de admiradores de todo el mundo lo querían conocer, intelectuales, políticos, celebridades, todos querían hablar y conocer más sobre el autor sensación. Olen organizó una conferencia de prensa multitudinaria, a la cual asistieron personas y personalidades muy importantes de la política, del espectáculo. Gente se desplazó de cualquier punto del país para conocer a Arnulfo, escucharlo hablar, saber que hacía o en que se inspiraba para lograr tales éxitos editoriales. La gene se dio cita desde muy temprano el día de la conferencia de prensa. Los medios impresos y gráficos buscaban afanosamente la foto de Arnulfo. La casa editorial no había revelado dato alguno de él. Nadie sabía nada. ¿Donde era había nacido, donde había estudiado, como era, era casado, tenía hijos, quienes eran sus padres? Arnulfo era el éxito más grande conocido, pero de él no se conocía nada. Cuando Arnulfo apareció ante aquel gentío, aquella aglomeración inmediatamente se arremolinó contra el lugar en donde él daría su conferencia y respondería a todas las preguntas que se le formularan. Según habían dicho los voceros de Olen. Aquello parecía más una presentación de una estrella de rock que la de un escritor. La gente gritaba su nombre, todos querían verle lo más cerca posible, los flashes de las cámaras eran inagotables, en un momento dado la gente que hasta atrás se ubicaba intentó llegar hasta el frente del sitio destinado para el podio, la gente empujo a los que estaban en frente de ellos, estos a los demás y muy pronto todo quedo fuera de control, muchos intentaron subir para pedirle un autógrafo pero justo cuando iban a llegar a él eran interceptados por otro que quería ser el primero en conseguir el tan ansiado autógrafo. La gente de Olen, al ver aquella furiosa masa de admiradores sacó al tan aclamado escritor del lugar y dio por terminada aquella fallidla conferencia de prensa.

Al día siguiente se supo sólo por la prensa escrita que, aquel tumulto enfureció al saber que Arnulfo había abandonado el lugar y que los admiradores ansiosos por tener la imagen de este se abalanzaron contra quien tuviera cámara fotográfica o equipo de video y, en una frenética lucha por tener los rollos o los videos eso terminó en una trifulca con cientos de heridos y con todo equipo fotográfico y de video completamente destruido. En resumen, de Arnulfo no se tenía ninguna imagen, ni dato alguno sobre él. La gente que asistió a la conferencia de prensa, dicen que con tanto alboroto no recuerdan cómo es que luce Arnulfo.

Arnulfo sentía un placer enorme al ver todo lo que era posible que pasara con su sola presencia. Era un placer morboso, se preguntaba qué pasaría si se presentara en un lugar más grande y con el triple de gente, el caos seria inmenso y todo gracias a él y a sus libros, por querer tener algo de su persona, aquello era excitante. Se extasiaba con la sola idea de presentarse en un lugar mucho más grande, estaba seguro que muy pronto él sería capaz de hacer y decir cuánto quisiera y que las masas lo siguieran irremediablemente. Olen sabedora que la gente seguia sin conocer nada de Arnulfo. A sabiendas que la gente deseaba averiguar por cualquier medio algo de él. Decidió hacer muy redituble tal cuestión. Olen convoco a una nueva rueda de prensa misma que limitó la asistencia a cien personas y pidió que no hubiera ninguna clase de equipo que pudiera capturar una imagen de Arnulfo. Los asistentes a dicho evento pagaron una fuerte cantidad de dinero por asistir y conocer a Arnulfo. La fecha de la nueva conferencia no se difundió. Únicamente a los asistentes a la misma se les haría saber dicha fecha, ni el mismo Arnulfo sabía de esa nueva presentación.

Un día indeterminado llego el representante de Olen y dijo al autor que urgía su presencia en su piso, lo llevo al lugar donde sería llevada a cabo dicha presentación privada. A Arnulfo se le informó minutos antes que, a lo que asistía era una conferencia privada, este se molesto y sentencio ¿en verdad creen que mi genio y popularidad se pueden ocultar?

Una vez en la conferencia Arnulfo se sentía sumamente emocionado de saber que se habían pagado sumas muy fuertes, con tal de verle y poder saber más de él. Ya tenía planeado que iba a decirles, de hecho no pensaba responder a pregunta alguna. Comenzaría con un monologo, diría y hablaría de lo grandioso que son sus libros, de su genio imaginativo y de cómo en muy poco tiempo sería una referencia en la literatura universal. Sentaron a Arnulfo junto con los directivos de Olen, los publicistas y los ejecutivos. Nunca se dijo o anunció a los asistentes quien de los que estaban en el panel era Arnulfo, todo con el fin de aumentar al máximo la sorpresa del público asistente. El representante se puso de pie y comenzó a dar un pequeño discurso de agradecimiento y daba disculpas por lo acontecido días atrás con la primera conferencia de prensa. Mientras esto sucedía Arnulfo notó que no escuchaba lo que el representante decía, extrañado volteo a ver a las personas que junto a él se situaban, pero estos parecían atentos a lo que se decía frente al micrófono. Arnulfo no dando crédito a sus sensaciones se levantó y caminó hacia el representante, parecía que nadie le notaba, todos escuchaban atentos al representante. Estaba a punto de tomar al representante por el hombro cuando esté volteó de improvisto hacia él. Lo que vio Arnulfo fue su reflejo, después se vio rodeado de seis reflejos, todos distintos unos de otros pero iguales a él. Le rodearon formaron un circulo lo dejaron al centro del mismo, las seis figuras hacían una danza extraña, daban pasos hacia atrás pero avanzaban, cuando Arnulfo sentía su proximidad estos estaban situados muy lejos de él, a su alrededor rieron sin parar, las risas llenaban todo el lugar, era todo lo que Arnulfo podía escuchar, risas, risas, ecos de risas que rebotaban en las paredes, carcajadas burlándose de él, los seis sin dejar esa danza en torno a él, se burlaban. Arnulfo cerró los ojos, cuando los abrió nuevamente vio frente a él un reflejo de su persona, este reflejo acerco su cara a la suya y grito; ¡olnagah! Arnulfo inmediatamente recordó aquella irreconocible palabra y en un instante se vio bañado en sangre, su cuerpo tendido en el suelo y desmembrado estaba a punto de gritar de horror ante aquella visión, cuando escucho –señores el genio Arnulfo – al escuchar su nombre y aún horrorizado, Arnulfo salió corriendo, huyendo de aquel lugar, al salir y dirigirse hacia la calle un mundo de personas lo esperaban, Arnulfo salió corriendo aventando a la gente a su paso, subió de prisa al auto y le dijo al conductor que lo llevara a su casa lo antes posible. No dijo una sola palabra de camino a casa. En su mente solo visualizaba su cuerpo desmembrado y la sangre corriendo y saliendo a borbotones. El automóvil se detiene afuera de su domicilio, este sale casi corriendo del auto, alcanza a oír un grito tras de si, y sólo atina a decir: yo le llamo después. En el interior del departamento siete figuras le esperan todas de pie, impacientes, parecen algo moletas -¿esto es lo que querías?- Dice una de ellas -¿esto fue lo que conseguiste?-en tono reclamante dice otra -¿te adelantaste a todos?- vocifera una más y después sólo se escucha en el departamento un rechinar de vidrio. Arnulfo dice – ¡Basta ya estoy aquí! Denme lo que quiero, no necesito que la gente sepa quién soy, por el momento me basta que conozcan mi genio y mis obras, me es suficiente- se sienta frente a sus siete compañeros, las ocho figuras hacen el movimiento casi en un mismo tiempo,

Historias lamentables del deseo

parece que fueran uno solo. Solamente se escucha un lápiz que escribe sin cesar. Las siete figuras parecen observarle. Se ha quedado dormido frente a los siete acompañantes. Después de quien sabe que tanto tiempo, despierta. Sabe que su nuevo libro será un éxito. Ve los espejos y como siempre el tercer espejo de frente a él de derecha a izquierda tiene un manchón de moscas, esta vez ve que la superficie del espejo en la esquina superior izquierda tiene una mancha, toma un poco de papel crea un vaho para limpiar la pequeña mancha, al soplar el vaho, ve una especie de inscripción, como esa que las personas hacen en los vidrios de los carros una vez que estos se han empañado. En la inscripción se lee "noma", estaba a punto de borrar la palabra, cuando de improvisto entro el representante de Olen furioso y gritando -¿cómo es posible que nos hicieras esto? Nos hiciste perder una fuerte cantidad de dinero, tu carrera pende de un hilo, haremos que tus libros no se publiquen en ninguna casa editorial, cuando terminemos contigo no quedara ni sombra de lo que eres hasta ahora. – ¡a callar!- grito Arnulfo – no necesito de ustedes y lo saben bien, solo me basto para hacer mis publicaciones, si yo escribiera sobre papel de baño de igual forma la gente me adoraría, lo que hagan tu y Olen me tiene sin preocupación, no son más que sólo el instrumento que necesito, indispensables no. El importante, el indispensable, lo soy yo. Acaso no te diste has dado cuenta que cualquier otra casa editorial querrá publicar lo que escribo, darían lo que fuera. Toma, te regalo lo último que he escrito, con esto recuperaras tu pueril perdida con creces, no quiero volverte a ver. Te llamare cuando tenga más material listo. Vete a hacer lo que sea que hagas y nunca más se te ocurra siquiera pensar en molestarme – el representante de Olen tomo el legajo y sólo dijo; debe hacer algo con esta plaga de moscas – y se retiro.

Apenas se había retirado el representante, cuando Arnulfo escuchó un mormullo a su espada, volteó hacia el espejo y vio a una de esas figuras, la séptima de la extrema izquierda, se dirigió a él y pronuncio: quien no es nada ni nadie, eres tú, quién es menos que un instrumento eres tú, ya tienes lo que querías, lo que solicitaste. Para perpetuar tu obra necesitas unirte a nosotros, tomar nuestro lugar. Para que tu legado perdure en el infinito tiempo debes de ser uno con él. En este mundo temporal jamás superaras la inmortalidad, sólo en la inmortalidad, serás inmortal y no en un lugar donde todo perece con el sólo transcurso de los minutos. La vida aquí, entre nosotros es perenne. No puede llamase vida a una existencia condenada a desaparecer y perderse en el tiempo. Has tomado nuestros pensamientos y los has materializado, vives sueños que no te corresponden vivir, descubriste como ganarnos a todos y hacer parecer que nuestros pensamientos son tuyos, toda la gente allá afuera así lo cree y, tú hoy crees que así es, que todo es obra de tu paupérrima imaginación. Somos nosotros quien lo permitimos – Yo los traje aquí y yo los puedo sacar de aquí- dijo Arnulfo –con el reconocimiento que tengo es suficiente, no requiero de escribir más, ustedes no son nada sin mí.

– Nosotros estamos aquí desde antes que, si quiera fuera plausible la lastimosa idea de tu despreciable existencia. Nosotros somos siete, tú eres el octavo y debes de tomar la decisión de estar con nosotros, lo harás, tu condena ya ha sido cumplida. Ahora debes dar paso a tu deseo más profundo

¿querías ser un referente de la literatura? Pues lo serás. Necesitas ser parte del infinito para que tu obra sea infinita. - Arnulfo le contesta –tu me estas proponiendo que cometa suicidio, que muera para crear una especie de leyenda con mi muerte, pero te equivocas, nunca me causare daño, los dejare aquí, me iré a done no puedan encontrarme y disfrutare de mi fama y de mis publicaciones.

-Muerte, suicidio, lastimar, son términos que desconocemos; lo que te estamos ofreciendo es eternidad, continuidad, atemporalidad, eso es lo que realmente quieres, si deseas la eternidad debes de ser parte de ella y, tarde o temprano lo harás, porque tu pena ya ha sido purgada. Ahora necesitas estar aquí, en este lugar.

–Arnulfo rió histérico,al borde de la locura. Gritando frente a los espejos dijo; esto no es más que una de mis tantas alucinaciones, producto de tanto trabajo y tantas emociones - riendo salió de su departamento y fue a Olen, al piso en donde tenía un privado. Paso una noche de insomnio, escuchaba una y otra vez que los cristales de las ventanas se rompían. Cuando lograba dormitar tenía visiones espantosas de su cuerpo desmembrado. De pronto se vio en un cuarto lleno de comida. Al verla sintió un hambre insaciable y comió todo lo que ahí había, al terminar la comida, se dio cuenta de que quería seguir comiendo, chupo los dedos de sus manos para degustar los restos de comida que en ellos se encontraban, al hacerlo se vio a si mismo devorando su mano, después la otra mano, así hasta el codo, entonces despertó. Intentó conciliar nuevamente el sueño sin poder conseguirlo justo cuando estaba a punto de cerrar los ojos, se vio rodeado de mujeres hermosas y voluptuosas que le adoraban y le deseaban, sintió los cuerpos desnudos de todas las mujeres, le acariciaron una y otra vez, una vez que este se sintió extasiado de placer, todas las mujeres comenzaron a clavarle las uñas y a morder hasta dejarlo lleno de heridas, lo desgarraban, sentía sus dientes atravesando su piel, Despertó, casi estaba amaneciendo, estaba muy alterado, temblando y trató de pensar que hacer para liberarse de aquella condena, una idea lleno por completo su pensamiento ; destruir los espejos. Entro en su departamento, las figuras le vieron - ¡has venido a ocupar tu sitio en la inmortalidad!- Arnulfo no hizo caso de las voces, intentó quitar los espejos de su sitio, pero estos pesaban demasiado –es imposible deshacerte de nosotros, al hacerlo apresuraras las cosas, sería más fácil si lo aceptas y tomas el lugar que te corresponde – le decían todos al unísono y con remanencia de eco. Arnulfo sabía que tenía que destruirlos, esa era la única solución. Tomó el cesto de basura metálico y lo arrojó con violencia hacia los espejos, nada sucedió, las imágenes en ellos sólo se burlaban de él. El departamento entero se había llenado de rechinidos, risas, carcajadas, improperios, todo al mismo tiempo. Arnulfo tomó la silla y la arrojó a los espejos, nada sucedió, las carcajadas eran más intensas, la ira de Arnulfo aumentaba, golpeó, pateó, escupió y maldijo a los espejos, pero no lograba hacerles daño alguno.

Luego de eso corrió a la cocina, cogió la botella de tequila, la vacio en el escritorio, encendió un cerillo, las figuras dejaron de reír.- ¿Qué vas a hacer?- le interrogaron todos, Arnulfo fue quien rio esta vez –fuego, a las brujas se les quemaba, ¿por qué no a los demonios? El fuego me ayudara a deshacerme de ustedes, sean quién sean –Arnulfo, no lo hagas, esta no es la forma de terminar las cosas, si lo haces tú mismo serás perjudicado –le decían las figuras del espejo. –ahora si me temen ¿verdad?-les decía con aire de triunfo Arnulfo a los espejos. –estas en un error –gritaban los reflejos-Arnulfo miro de izquierda a derecha, vio los rostros de todos los espejos, sonrió un poco y soltó el cerillo, casi al instante el escritorio se incendió, las llamas subían y bajaban, ondulaban, danzaban, el fuego crepitaba en el escritorio. Arnulfo vio como el fuego comenzaba a correr hasta las patas del escritorio y cómo el fuego subía por los marcos de los espejos, después de unos minutos ardían sin remedio. Más tarde se escucharon muchas voces gritando -¡no!- Arnulfo vio y oyó literalmente como los espejos explotaban delante de él y como todos los pedazos se proyectaban hacia su persona, Arnulfo se protegió con ambos brazos.

El silencio reinaba en el departamento. El fuego se extinguió tan pronto los espejos estallaron. Por las ventanas del departamento se veían correr grandes columnas de humo. Los vecinos se apresuraron a llamar al departamento de bomberos. El humo que salía por las ventanas era espeso y muy negro daba la impresión de que aquello era un incendio de dimensiones más grandes y podía acabar con todos los departamentos, el humo era visible casi a tres cuadras del lugar. Arribaron tres camiones de bomberos, estos entraron al departamento armados con máscaras y tanques de oxigeno, rompieron la puerta con hacha, al venirse abajo esta, vieron salir una nube negra de moscas que por momentos inundaron los departamentos aledaños y después desaparecieron. Los bomberos se quitaron la máscara anti humo, no daban crédito a lo que ahí veían, el departamento estaba intacto, revuelto, como si alguien hubiera estado buscando algo, no había rastro de cosa alguna que se hubiera quemado, salvo un cerillo que apenas lo vieron se consumió por completo. Arnulfo escuchó voces y pisadas de personas, estaba tendido en el suelo, no sabía en qué parte del departamento se encontraba, grito por ayuda, no le era posible moverse, se sentía paralizado, pudiera ser que tras el impacto del estallido haya caído de espaldas y el golpe le hubiera causado algún daño en la columna, pensaba Arnulfo. Aliviado vio a un bombero, le sonrió y le dijo –que bueno que viene a ayudarme, creo que estoy lastimado, no me es posible moverme, no siento mis piernas, creo que solo puedo hablar – el bombero vio asombrado el suelo del departamento, volteo de derecha a izquierda, dijo a sus compañeros -¿ya se dieron cuenta? – Arnulfo pensó por un mõmento -"no puede ser, ya me reconocieron y seguramente en lugar de atenderme en forma pronta, me lloverán preguntas"-en esos pensamientos estaba cuando el bombero le dijo a los demás –el piso entero está cubierto de trozos de espejo –los demás bomberos bajaron a vista y dijeron –quizá es la casa de una bella mujer, que le gustaba admirarse –todos rieron. Arnulfo veía que los bomberos se retiraban del departamento, Arnulfo se quedó pensativo por un largo rato y entonces lo entendió, estaba en el lugar de sus reflejos. Días después el representante de Olen llegó al departamento acompañado de siete personas, Arnulfo sabía que algo buscaban, revolvía las cosas -¿así que los libros les pertenecen, ustedes fueron quienes los escribieron?-preguntó el representante, sí –contestaron los siete- uno de ellos se agachó, levanto un pedazo de espejo, Arnulfo vio que era él pero diferente, se dirigió a Arnulfo y le dijo -lo que hiciste no era a forma correcta de terminar las cosas, ya te lo habíamos advertido, ahora serás conocido como el mayor plagiario de la literatura universal, tendrás tu lugar en la literatura, serás una referencia, tal como lo deseabas, tus deseos se cumplieron, nadie te olvidara ¿creíste que eras más listo que los siete? La próxima vez registren sus obras antes de confiárselas a alguien más – dijo el representante de Olen –lo haremos- respondió uno de ellos.

–por cierto, ustedes saben ¿en dónde está Arnulfo? –Les pregunto el representante -posiblemente esta tan cerca de nosotros que no le podemos ver-contestó el que tenía el trozo de espejo en la mano, una vez dicho esto arrojó el trozo por la ventana-, el representante se le quedo mirando fijamente sin comprender la respuesta, ni su actitud. Los otros rieron y todos salieron del departamento...

En un café bohemio, se puede ver a un artista practicando frente al espejo su próxima actuación. En ese momento una persona le hace una pregunta...

Fin
Áspid

Teronukua

Un día muy cálido y soleado, rodeado de gente, de ruidos, lleno de polución, es un día cualquiera, nada de especial tiene. Él sabe que ayer, hoy y la semana pasada, el próximo mes, el domingo siguiente, el año entrante, serán iguales que hoy; rodeado de extraños ruidos molestos. Contaminación e intranquilidad. Todos los días es lo mismo, sólo se asoma el sol, apenas raya el alba y todo se vuelve caótico. Hablar de la noche es otra cosa, pareciera que el entorno se transforma, el aire es fresco, las personas desaparecen, el ruido cesa, todo parece irreal. Es como vivir en un lugar fantasma. Por las noches se pueden contemplar las estrellas en un cielo completamente negro, la luna en su plenilunio le da a los árboles y a los techos de las casas un color plata completamente imposible de describir. Viéndolo sería la única manera de entender porque cualquiera puede pasar la noche entera contemplando ese color en ramas y ventanas.

Cada vez que llega la noche me pregunto lo mismo ¿por qué no pueden ser mis días así? Si lo días fueran como estas noches, todo sería más fácil, todos serían más productivos, más felices, sin preocuparse por los empujones, por la falta de espacio, por el exceso de prisa, todos pensaríamos de manera más clara; sin tener que tomar decisiones apresuradas. El sólo hecho de respirar ese aire nos daría calma y sacaríamos lo mejor de nosotros mismos, un mundo sin sobresaltos. Ahhh! Si pudiera encontrar un lugar en este país en donde sus días fueran como sus noches.

Nada más seis meses, y será tiempo de mi retiro. Podre tener todo el tiempo para dedicarme a mis cosas. Seis meses. El hecho de pensar en pasar tiempo libre, ocuparme de mis cosas, en este ambiente me da dolor de cabeza. Necesito un lugar más tranquilo, un lugar donde sus días sean apacibles como sus noches.

Sentado en el balcón de su departamento, teniendo como paisaje asfalto y automóviles estacionados, y gente caminando de un lado a otro. Ahí, frente al cúmulo de ventanas, en las que se pueden ver cortinas coloridas y con figuras estampadas en ellas, otras sucias o desteñidas por el sol, ventanas a medio quebrarse, ventanas sucias, ventanas desnudas. Balanceándose en su silla veía como el día iba muriendo, como el sol a cada minuto, a cada instante se ponía, como iba rumbo a su ocaso. Se ocultaba lentamente tras esas ventanas hasta perderse de vista, dando paso a una penumbra y posterior oscuridad. Aspiraba y sentía como el aire circundante cambiaba y se volvía fresco, sin dejar de percibir los olores a polución. En ese momento se preguntó cómo sería ver al astro rey ponerse tras unos cerros verdes y con su caída este verde se tornara negro.

Inspiro profundo, cerró los ojos e imaginó: ahí estaba recostado, tendido bajo un árbol sintiendo el tibio sol, los últimos rayos tocaban su faz, sentía como el calor le abandonaba y era remplazado por un suave rocío que le llenaba el cuerpo. Poco a poco escuchaba ruidos, al principio muy tenues y distorsionados, y después claros y definidos. ¡Ahh! Un grillo. Pequeños pasos a su alrededor, aves buscando lugar entre las ramas de los árboles. Una hoz que ilumina el cielo tenuemente se asoma. Una lechuza y su clásica onomatopeya. Y la ausencia de calor llena su cuerpo. La baja temperatura se refleja en su rostro también. El croar de un anuro, el grillo, la lechuza, la rana; todo al unísono. Es un concierto al que pocos tenemos privilegio, un "concierto natural". La lechuza, el grillo, las pisadas, el viento. Pisadas, lechuza, viento. Todo en armonía. El grillo intensifica su canto. El viento sopla más fuerte. Los groares aumentan. Los cri cri de los grillos ahora inundan el lugar. Los pasos rompen cada hoja. Cada porción de pasto sobre el que se posan. Las lechuzas y sus ulues se imponen ante los demás sonidos, las lechuzas se multiplican, su canto se vuelve molesto parece que gritan. Son demasiado agudos; insoportables.

Un agudo y prolongado pitido le hace abrir los ojos.

Voltea hacia abajo, ve un cúmulo de personas bloqueando la calle y un conductor que acciona repetida y prolongadamente su claxon.

Mmm no, definitivamente este no es lugar para mi retiro. Necesito una ciudad más pequeña, un pueblo poco tumultuoso, un lugar en donde sus noches y días sean igual de apacibles. En donde tomar un descanso sea placentero y las fantasías lo sean por el tiempo que desees, que sea el alba quien te lleve a la realidad y no… esto. Gente, carros, gritos.

Tomaré un baño. El agua saliendo de la regadera, corre sobre mí. Siempre en el mismo sentido, siempre igual, al igual que lo hago yo. Tantos años levantándome, bañándome, preparando mi desayuno, tomar mi café, salir de mi casa, conducir por una hora entre un tráfico cada día más intenso hasta mi trabajo, los mismos compañeros, unos han estado desde el principio, otros se fueron, algunos murieron. Soy así como el agua que sale de la regadera: sólo voy en un sentido. Debería de ser mas como el agua que lleva el río, ir, venir, subir, elevarme a las nubes transformarme, terminar en lugares insospechados, o desembocar en el mar.

Otra vez, aquí, sentado, manejando rumbo a mí trabajo. ¿Desayune? ¿Mi café? ¿Hace cuanto que estoy en el auto? Ya todo es tan monótono para mi, que ni si quiera pienso en lo que hago, actuó como un autómata.

Si estuviera en un lugar más tranquilo podría "pensar, razonar" lo que hago y hacia donde me dirijo. No nada más reaccionar como un reloj que, siempre hace lo mismo sin más.

Van a dar las veinte horas. Estoy a dos meses de mi retiro. Me resisto a creer que en esta cuidad pasare mi tiempo libre. Quisiera poder pasar mi retiro como cuando era niño: ahora que lo pienso, hay un lugar que recuerdo, si, un lugar arbolado, con luciérnagas por las noches, cerros, lagos diáfanos, olor a madera húmeda, madera quemada, serrada. Casi puedo percibir esos olores ¡que recuerdos!

Pero por supuesto es ahí, ahí a donde tengo que ir, ahí donde tengo que pasar mi tiempo libre. El fin de semana me trasladaré y buscaré un buen sitio en donde poder mudar mi residencia.

Hay dos cientos sesenta y tres kilómetros de distancia de aquí a mi nuevo paraíso. Viajar en carro es más enriquecedor de lo que recordaba. Esta vista es tan relajante. Ese lago. Es el lago más grande del país. En verdad el ir deleitándose con el paisaje natural durante el trayecto, es algo que hace que el manejar parezca una acción relajante. Creo que estoy a la mitad de mi recorrido, esta carretera es muy ancha. Son dos carriles en ambos sentidos. Una pendiente muy prolongada y una curva que aunque pronunciada, por la amplitud de la carretera no es para nada difícil tomarla. Conforme me voy ascendiendo sobre la curva alcanzo a ver un par de picos. Entre más manejo veo que son un par de torres de una iglesia de estilo barroco o gótico la verdad no lo sé, lo que sí sé es que a lo lejos parecen un par de cohetes que están listos para despegar. Al aproximarse se distingue que son dos torres puntiagudas, piramidales, de color rojizo, y que en el cuerpo de esas puntas piramidales se distinguen más y pequeñas pirámides que adornan esas torres. Quizá cuando me instale por completo en mi nuevo hogar venga a ver esa iglesia y sus torres de cerca.

Estoy a un poco más de una hora de manejo hacia mi destino. Cada vez la naturaleza me rodea más y más de árboles. Todo es verde, y las curvas son cada vez más cerradas a diferencia de la anterior carretera, esta es más angosta. Igual está en buenas condiciones lo que hace muy agradable manejar sobre ellas. Un pueblo tras otro. Lo único que me hace percibir que he pasado del límite de un pueblo, es el señalamiento que hay sobre la carretera. Dejaré de manejar por un momento, bajare del carro y comeré un poco. Aaa, este olor a campo, el aire es distinto aquí. ¡Sí, madera! el olor a madera, leños quemándose, comales, tortillas… un paraíso sin duda alguna. La gente de aquí me dice que la ruta es conocida como Cañada de los once pueblos. Algunos de los nombres de los pueblos que puedo repetir después que sus pobladores me los dicen son: Uren, Acachuén, Carapan y Chilchota, este último es el más grande de los once pueblos y contrario a lo que el nombre pueda llegar a sugerir, significa, tanto en Tarasco como en Náhuatl: lugar de chiles o chile verde. Y no es que sea muy bueno en lenguas, en lo que si soy muy bueno es en preguntar, y la gente de estos pueblos es muy amable.

Aún no llego a mi destino. Las personas de estos pueblos me han dado una probadita de lo que es vivir en armonía y con la mente clara y relajada. Pero claro, viviendo en un entorno tan lleno de vida, de colores y aromas es casi imposible no ser de ese modo.

Esta ruta no tiene igual. Me encuentro muy cerca de mi destino y he llegado a un lugar en donde dicen, se hacen las mejores guitarras acústicas. Los lugareños dicen que aquí es hogar de más de uno de los mejores lauderos del país. Por lo que me cuentan, aquí hay gente que les ha fabricado guitarras a personajes como John Lennon. El nombre de esta población significa; ofrenda, para mi entender (claro a menos que un filólogo me corrija) ofrenda al mundo el arte de hacer guitarras, es decir da al mundo un arte para goce y regocije de muchos.

He llegado a mi destino. Me recibe una amplia avenida, dos carriles por cada sentido, están separados por un muro camellón, construido de piedra. Un señalamiento llama mi atención: Parque nacional. Recuerdo bien ese parque, es un lugar que a donde vaya o voltee, el agua está presente, sí, riachuelos te acompañan durante todo el recorrido. Fuentes, árboles y más árboles.

A mi ingreso me doy cuenta que esta es una ciudad y no el pueblo que yo recordaba, es una ciudad limpia, una ciudad rodeada de cerros y árboles. El aire aquí es más limpio que el de la ciudad de donde vengo. El cielo es muy azul y las nubes tienen una blancura irreal. Esta cuidad tiene mucho que ofrecer y hay mucho que ver, mas por el momento no hay tiempo de eso, debo de concentrarme en conseguir un lugar adecuado en donde mudar mi nuevo hogar.

Más de seis horas buscando una casa para renta y no he podido encontrar una que se ajuste a mi gusto y sobre todo a mí presupuesto. La verdad es que no quiero destinar una gran cantidad por concepto de renta, me gustaría invertir la mayor parte de mi presupuesto en gastos para salir y disfrutar de este maravilloso estado. Es cierto que deseo una casa cómoda, mas no requiero de mucho espacio. De igual manera no planeo pasar mucho tiempo en ella, claro que después de una jornada de paseo, deseo llegar a un lugar tranquilo y en donde pueda descansar sin mayores sobresaltos. Hasta ahora lo que he visto han sido casas que si bien son muy bonitas y están en muy buen estado, la renta hace que sean no asequibles para mí. Además, están muy cerca del centro de la ciudad, y si bien eso ofrece que tengo muy a la mano sea lo que sea que pudiera necesitar, también lo es que es un lugar con más bullicio y mucho ajetreo, esos son aspectos de los que vengo huyendo. Desde aquí veo que desde las faldas del cerro y hasta casi la mitad de este, hay casas. Creo que iré por allá, me da la impresión que ese pude ser un buen lugar para vivir.

Del centro de la ciudad a aquí son veinte minutos. La subida es impresionante, es un asenso en un ángulo de casi cuarenta y cinco grados. No quiero imaginarme lo complicado que es hacer esto a pie, al ir subiendo, por un momento tuve la sensación de que mi carro no podría con la faena. Pero aquí estoy, listo para buscar un lugar donde vivir. Definitivamente esta vista es maravillosa, increíble, sublime, no encuentro un calificativo que pueda describir lo que estoy viendo. Desde aquí se puede ver prácticamente toda la ciudad. Se ve un lugar que su techo es multicolor, se puede ver el aeropuerto, lo que más me agrada es que se ven manchas verdes, grandes manchas verdes por todos lados. Aquí el viento sopla fuerte, no alcanza a llegar el ruido de los automóviles circulando, no hay acceso para camiones urbanos, casi me puedo imaginar que en este lugar por las noches, se puede escuchar las pisadas de los insectos. Sí, aquí debo encontrar una casa que se acomode a mis necesidades. Buscare y buscare, sé que aquí es donde quiero vivir.

Decepcionante. No encuentro otra palabra. Me parece imposible que aquí no haya una sola casa en renta, y aun más ridículo es que la única posibilidad de poder rentar una vivienda sean estas casas que todavía están en obra negra. Será posible que no me sea posible encontrar un lugar en donde vivir. Bueno los vecinos me han dicho que después de las vías ferroviarias; de hecho me señalaron el camino desde aquí. Me dijeron "ve hasta aquel puente, allá deben de cruzar unas vías del tren, por allí hay más fraccionamientos, hay muchas casas solas". No es increíble, desde este punto, la ciudad se puede señalar como si lo hicieras en un mapa. Muy bien tendré que ir hacia allá. Espero poder encontrar una casa que me agrade y sobretodo que las haya en renta.

El lugar que me dijeron por lo que veo se encuentra a las orillas de la ciudad. Así es, hay muchas casas solas, no veo ninguna con un letrero de: se renta. Parece un vecindario muy tranquilo, no se ve mucha gente en las calles, al parecer la gran mayoría permanece en sus casas ocupándose de sus asuntos, o nadie vive aquí.

¡Por fin! Esta será mi nueva casa. La cantidad que me solicita el arrendador para pago de renta me parece más que adecuada. De acuerdo con lo que recibiré por mi pensión más la cantidad en que rentare mi departamento, será más que suficiente para cubrir la renta de aquí y podré solventar los gastos inherentes de la casa, como: luz, agua, etcétera.

El arrendador me está mostrando la casa, está situada antes de la esquina de la calle, tiene una amplia cochera y un cancel blanco, un poco carcomido por el oxido. La cochera es bastante amplia, no habría problema de estacionar mi automóvil. La puerta de ingreso a la casa es de metal y al arrendador le ha costado un poco de trabajo abrirla, una vez dentro de la misma hay un espacio aceptable para la sala. Parado en el lumbral de la puerta de la casa, a la izquierda hay una recamara amplia con la recamara, cuenta con closet y esta se encuentra iluminada por una ventana desde la cual se puede ver la calle y la cochera. A la derecha y al fondo de la casa hay dos recamaras más. A un costado del lugar destinado para la sala, se encuentra un espacio para la cocina, en realidad es un pasillo, de aproximadamente cuatro metros de ancho. En el que montada en una de las paredes está una cocina integral. Al final de este, pasillo-cocina, hay una puerta metálica, misma que tiene una chapa, por esa puerta se puede ingresar al patio de servicio del inmueble. El patio de servicio cuenta con un calentador que funciona con gas, una pila de agua con capacidad para almacenar unos veinte litros de agua. El patio está enjaulado, tiene una protección en la parte superior en donde termina la barda perimetral de la vivienda, la protección está estructurada en una cuadricula; lo que me lleva a pensar que este patio se asemeja a una jaula. Ahora sabré lo que sienten las aves en tal condición. El baño es algo estrecho, el lavamanos está fuera del cuarto de baño. No encuentro inconvenientes con la casa. No es chica, tampoco es grande. Tres recamaras, cochera, patio de servicio. Lo que piden por concepto de renta se ajusta a mi presupuesto. El tiempo que hemos permanecido aquí me ha dado la impresión de que es un vecindario muy tranquilo, pues no he visto gente pasar.

Esta jaula que tiene por protección me intriga un poco, por lo que cuestiono al arrendador del por qué de la misma, también le inquiero sobre la inseguridad de este vecindario. Me responde lo siguiente:

-Nada de eso. Este es un lugar muy tranquilo, lo que pasa es que la finca ha permanecido mucho tiempo desocupada. Cuando veníamos a darle mantenimiento encontrábamos algunos desechos poco agradables, además tome en cuenta que las precauciones nunca están de más.

Afirmación a la cual asentí.

Le dije al arrendador que, la finca era de mi total agrado y qué sin mayores trámites realizáramos el contrato de arrendamiento.

-Casualmente traigo conmigo el contrato, sólo sería cosa de que me dé su nombre completo, efectué el pago correspondiente a la renta, estampemos firmas, y usted podrá disponer del inmueble inmediatamente.

Salimos del patio, cerró la puerta, nos dirigimos a la sala y estampamos rubricas. Me entregó las llaves de mi nueva casa, extendió su mano derecha, la estreche, me dio la bienvenida y añadió: disfrute de su nuevo hogar. El arrendador se retiró. Quedé solo en la casa. No alcanzaba a escuchar nada, no hay ruidos de vecinos. El ruido de los automóviles no penetra a ninguno de los cuartos. Salgo al patio, se escucha un suave rumor del viento pasando entre las ramas de los árboles. ¡Esto es lo que quiero para mi retiro! Voy del patio a la cochera. Una vez ahí siento el leve aire correr por mi cara, es un aire suave y con un olor distinto. Puedo ver desde donde estoy parado las ventanas de la sala, y de las recamaras. No hay excusas. Todo está listo para que disfrute de mi retiro.

Doy un último vistazo a esa jaula del patio, no me agrada del todo. Cierro su puerta metálica, cierro la puerta de acceso principal a la casa. De pronto algo me hace volver. Nuevamente ingreso a mi nuevo hogar. Voy directo a la puerta de acceso del patio, y si así es; la puerta de acceso tiene una manija doble por lo que mientras no se haya echado el doble candado se puede abrir tanto por dentro como por fuera. La puerta del patio tiene una chapa con un solo pasador lo que hace que sólo se pueda abrir por el interior de la casa. ¡Qué cosa tan curiosa!

Ahora a volver a mi otra casa.

Por la mañana cuando arribé a esta ciudad, me pareció que planeaba en la carretera. Ahora veo que venía por una pendiente muy prolongada y con una pronunciada curva.

Esta ciudad es muy distinta a la que recuerdo cuando niño. Es distinta en el sentido que se ve más moderna, hay muchas construcciones nuevas, nuevos centros comerciales y cines. Mas en esencia es la misma, arbolada, limpia, amable. No cabe duda, en nuestro México hay muchísima belleza. Ahora que voy de regreso, sé que cuando me encuentre nuevamente aquí, todo será mucho mejor.

Terrible el ingreso a la ciudad. Relativamente hice más tiempo en el tramo de ingreso que lo que conduje por carretera de regreso. Ya estoy aquí. Dedicaré gran parte de mi tiempo a empacar todo, pues sólo cuento con tres semanas para tener todo a punto.

En tres semanas, cuando esté de vuelta en esa hermosa ciudad, y una vez instalado en mi nueva vivienda. Lo primero que haré será ir al parque nacional a leer bajo la sombra de un árbol un buen libro. O quizá sea mejor ir a ese lago, no muy lejos, hay que conducir cuarenta y cinco minutos por carretera. Una vez en el pueblo, abordar una lancha en el muelle. Subir las escaleras que por dentro rodean ese imponente monumento de José María Morelos y Pavón. Una vez en su eminencia, por los vanos de la cabeza, ver el lago de Janitzio. Ver desde cuarenta metros de altura un lago y una isla al mismo tiempo. Esas son postales mentales que jamás se olvidan. Bajar del monumento y a los pies del generalísimo disfrutar del sol y del aire fresco de esa explanada. Durante el descenso de la isla disfrutar de unos charales, chiles rellenos con tortillas recién hechas y torteadas a mano, cocción a leña, sobre un comal. Ahhh, casi puedo olerlas. Las mujeres que sirven la comida, siempre visten blusas y faldas con flores bordadas a mano llenas de color. Disfrutar de un rico taco con aguacate, o simplemente embarrar una tortilla con chile de molcajete.

¿Descenso? Llegar a Janitzio no es complicado pues una vez en el muelle se toma una embarcación menor. Después de un recorrido de aproximadamente veinte o treinta minutos se desembarca a las faldas de la isla. Llegar al monumento de Morelos es otra cuestión. Si nada ha cambiado, y es como lo recuerdo. Hay que ascender hasta el monumento. El camino está lleno de escalinatas y rellanos. A cada costado de la calle hay pequeños restaurantes. Ni hablar de la vista que ofrecen estos. En su mayoría cuentan con un segundo nivel, en este generalmente hay mesas ubicadas muy cerca de las bardas perimetrales, lo que te permite ver el lago a todo lo largo y ancho. Todos ellos exhiben sus guisos coloridos invitándote a degustar de esos olores y colores. Más no se debe caer en la tentación, si es que tu deseo es llegar al punto más alto de la isla. Ya que esquilar la isla no es tarea fácil. Requiere de por lo menos treinta minutos, siempre y cuando te encuentres en forma. Una vez en el monumento hay que ascender aún más para llegar a la cabeza. Una vez ahí poder ver el lago desde una altura de cuarenta metros. Por lo que lo ideal es, no consumir alimento, eso sí, contar con la hidratación necesaria. Una vez cumplida la faena. Disfrutar del descenso, comiendo cuanto se te antoje.

Sí. Está decidido. El primer sitio que visitaré al mudarme a mi nueva residencia será Janitzio. El parque nacional lo tendré todo el tiempo, por lo que su visita y mi lectura podrán demorar un poco.

Me quedan dos semanas. Dos semanas para retirarme y partir de aquí. Parece que no será tiempo suficiente para terminar de empacar todas mis cosas. Necesito encontrar una compañía de mudanzas que traslade todos mis muebles hacia mi nuevo hogar.

Tengo la impresión de que mis compañeros de trabajo me rehúyen. Será porque todo el tiempo les estoy hablando sobre el lugar en donde viviré; les digo los múltiples destinos que visitaré. Hablo de aquella entidad federativa como si el paraíso fuera. Les digo que el primer lugar que visitare, apenas quede instalado en mi nueva casa, se le conoce como "cabellos de elote". También les digo que nunca más tendré que tomar decisiones apresuradas y bajo presión. Nunca más una acción apresurada. Todo se hará en un clima sin ruidos molestos, con aire puro, con cerros y árboles para aclarar la mente.

Tan sólo dos semanas, no cabe duda de que cuando se espera el tiempo parece interminable. No veo la hora en poder estar en mi nueva casa, en ese paraíso. Tengo todo listo. La compañía que se hará cargo de mi mudanza se llevará todos mis muebles el día que yo parta, y por supuesto que ellos partirán casi de madrugada mientras que yo planeo hacerlo apenas termine mi turno en mí último día de trabajo. Conmigo llevaré algo de ropa, mis discos, películas y alguna que otra cosa frágil, no me atrevería al riesgo que pudieran sufrir; algún desperfecto en el traslado. Conmigo estarán seguras.

Viernes, al fin, creí que jamás llegaría esté día, el último viernes de mi vieja vida. Hoy en unas horas diré adiós a todas esas presiones. Todos esos días en que no podía descansar por los pendientes laborales. Nunca más una decisión sin meditarla. Hoy será el día en que mi vida cambie, y daré paso a días inagotables de tranquilidad. Unas horas más me separan de ese estado que más que una simple entidad federativa de nuestro país, es lujo de vacacionistas y personas que como yo ansiamos visitar bellos y pintorescos lugares. Estas horas han trascurrido sin mayores pendientes. Llego la hora. Son las diez y seis horas. Ya nada me ata a esté trabajo. Partiré inmediatamente a mi casa, tomaré un baño y me dirigiré a mi nueva vida.

Ver mi casa así, sin muebles, fotografías, ni cuadros, es algo extraño. Pero lo que realmente me sorprende es el sonido de mis pasos al entrar en ella, el eco que se produce a cada paso que doy, creo que hasta mi respiración hace eco en las paredes. Hasta parece que aquí nunca ha vivido nadie. No tengo mucho tiempo de ponerme a ver este tipo de cosas. Tengo que tomar un baño, para partir lo más pronto posible a mi nueva vida, aún tengo que colocar en el carro las cosas restantes.

Una vez que salga de esta casa y cierre tras de mí la puerta, recorreré un camino hacia una vida distinta de la que hasta hace unas horas tuve, una vida en la que cada hora, cada minuto, será una inversión en ella.

Las diez y nueve horas. Si todo marcha bien antes de la media noche estaré por fin en mi nueva vida.

Estoy a punto de ver el lago de Chapala. La vista es bellísima, el cielo está completamente despejado, en el lago se refleja por completo la luz de la luna llena, su superficie es completamente plata; esta es una imagen que cualquier pintor de renombre estaría gustoso de plasmar sobre su lienzo.

Hum, hubiera esperado a la madrugada y así podría con tiempo suficiente detenerme a visitar los pueblos previos a mi destino. Hablo como un niño que quiere tenerlo todo a la vez. Tendré tiempo suficiente de visitar todos los pueblos, incluso podré hacer un plan de viaje para visitar y dedicarle más de un día a cada lugar. El estado a que mudaré mi residencia tiene mucho que visitar. Creo que nunca me cansaré de él. Y qué decir de su tranquilidad. Ahhh, eso no tiene igual.

Veintitrés treinta horas: lo dicho, antes del nuevo día. ¡Ya estoy es mi nuevo hogar! Me gustaría mañana mismo comenzar a visitar lugares. Primero debo de descansar, no tengo la costumbre de manejar en carretera y menos por tanto tiempo. Este recorrido me ha dejado molido. Entraré para ver cómo han dejado mis muebles. La gente de la mudanza me llamo repetidas veces pues tuvieron problemas con la apertura de la puerta de la casa. Veamos que tal me va a mí. Qué viento hace, frio, intenso y vigorizante.

Sí. Es complicado abrir esta cerradura, es sólo cuestión de un brinquito que tiene, pero con el tiempo esto no representará problema alguno.

Veamos, tendré trabajo. Sólo apilaron muebles en cada cuarto. De cualquier forma aún y cuando hubieran hecho algún tipo de acomodo, los hubiera reacomodado a mi gusto.

¡Aaaaah! Vaya susto.

El viento azotó la puerta violentamente y el estruendo le ha hecho gritar y saltar.

A bajar mis maletas, tomar un buen baño y dormir. Mañana me espera un día atareado.

Bajaré todas mis maletas de una vez, este viento cada vez es más frío. No quisiera salir y entrar. ¡No! La puerta. Nuevamente se ha cerrado. Las llaves están dentro de la casa.

La doble manija. ¡Qué alivio! Ahora veo el acierto en que la puerta exterior tenga doble manija.

Un nuevo amanecer, o por lo menos para mí así lo es, un lugar distinto, un aire distinto, una vida nueva. No sé si fue por el cansancio de manejar, saber que ya no trabajare más o la calma que aquí reina, la cosa es que he tenido una de mis más relajadas y reparadoras noches. Esto me deja con el mejor de los ánimos para comenzar con la tarea de poner en orden este, mi nuevo hogar.

Tengo que reacomodar los muebles de la sala, acomodar mi librero. Me parece que lo más complicado será sacar de las cajas mis libros y ponerlos en orden. Los libros siempre han sido mi fuga a un mundo donde todo puede suceder. Cada libro es un mundo distinto que he visitado. Cada autor me ha hecho parte de su mundo. He vivido, en tantos y distintos mundos. Hasta hubo ocasiones en que al cerrar, o terminar el libro el mundo, este el real, me parecía, tan sin sentido. Vivir en los libros. Eso sí sería una verdadera fantasía; brincar de página en página, sin llevar un orden, siendo arbitrario y, lo mismo estar en un gran discurso que en una gran aventura, ser el detective, el villano, ser cualquiera, ser nadie. Aah, los libros. Sólo ellos saben lo que se necesita saber.

Son muchas las cajas que se utilizaron para mudar mis cosas. En la cochera hay espacio suficiente para estas cajas. Sin embargo creo que no le darán un buen aspecto a la casa. Será mejor acomodarlas en el patio.

Hum, mis discos. Otro placer que me lleva a alturas insospechadas. Cuando me dejo llevar por la música; siento que vibro con sus compases. Escuchar a Janis Joplin; no existe forma de describir esa sensación. Oír kosmic blues, en verdad me pone a volar, a ver colores, siento que floto, las notas musicales y yo somos uno, esa potencia en su voz, eso es lo que me hace sentirme fuera de este mundo.

¡Blam! Un ruido lo saca de sus meditaciones musicales.

¡Qué sobresalto! La puerta del patio se cerró de golpe. Pondré una de las cajas entre ella y el marco. Así no volveré a sentir otro susto como ese.

¡Las diez y siete horas! Caramba y tan sólo he acomodado los muebles de la sala y parte del librero. Debo darme prisa si es que quiero tener para el lunes todo listo, y comenzar con mi visita a los lugares aledaños.

Es momento de hacer una pausa y comer algo. Saldré a la tienda para comprar unas latas de atún, aprovecharé para conocer algunos vecinos y presentarme con ellos.

Quizá sea por la hora o el hecho de que el día está algo frío y nublado, en la calle no hay nadie. Creo yo que todos se encuentran dentro de sus casas, esté clima lo hace plausible.

Allá adelante veo a alguien. Excelente. No tengo idea de donde podría haber una tienda o minisúper en donde hacer mis compras.

Es un joven, calculo de apenas veinticinco años, moreno claro, trae una camisa a la que le faltan las mangas, está viendo muy atento hacia el suelo, quizá busque algo.

-Buenas tardes. - no me responde.

-Buenas tardes. - lo saludo con un tono un poco más alto.

-Te oí la primera vez.

-Disculpa. No fue mi intención molestarte.

-¿Qué quieres?

-Busco una tienda o algún lugar en donde hacer unas compras. Sabes soy nuevo por aquí. Llegue anoche y no sé en donde pueda haber una tienda.

En tanto pronuncio estas palabras, él lentamente levanta su cara y me ve a los ojos. Es su mirada hay algo extraño, no es que tenga mirada de enfado, es tan sólo que es una mirada vaga, sé que me ve directamente a mí, mas parece que está en otro lugar.

Hace un movimiento de cabeza y dice:

-allá enfrente. Apresúrate, no tienes mucho tiempo.

Voltee a mis espaldas y vi una pequeña cortina metálica, pintada de rojo, muy cerca de ella había un hombre que aparentaba una edad avanzada.

-No pierdas el tiempo en darme las gracias. Apresúrate.

Lo anterior no lo dijo en un tono autoritario, ni de furia. Sus palabras sonaron, como si no me hubiera dirigido a mí. Su voz es hueca, sin emociones, como si está proviniera de algún otro lado. Tengo la sensación, que despiertan los ventrílocuos. Sabes que la voz del títere proviene de otro lado, pero juras que sale del monigote. Así es como me siento al escuchar a este sujeto.

Volteo nuevamente hacia la cortina metálica, y el hombre que está parado junto a ella se dispone a bajarla. Comienzo a correr y grito: -espere.

El hombre, voltea, me ve, sonríe de forma amable. Detiene el descenso de la cortina metálica roja.

Gracias. Señor.

-No hay necesidad de dar gracias. Dígame ¿En qué le puedo servir?

-Qué amable. Sólo necesito algunos enlatados. Sabe soy su nuevo vecino. Llegue apenas anoche, me mude a la casa del cancel blanco, estoy en el proceso de acomodar mis pertenecías no me di cuenta de la hora. Necesito comprar algo para preparar un poco de comida. Espero no incomodarle por esta compra de último momento.

El dependiente sonríe y me responde:

- por supuesto que no. Sé de qué me habla yo también el algún momento fui nuevo en un lugar y claro no es posible saber horarios y cosas de esas. No es habitual que cierre a esta hora. Más parece que el clima no permite salir a nadie de sus casas. Mis huesos ya no son los de antes, el frio también me ha hecho tomar la decisión de ir a mi casa y tomar una buena taza de chocolate caliente. Seguramente tiene prisa, pase compre lo que necesite.

-Gracias. Es usted muy amable. Gracias por permitirme hacer mis compras de último minuto.

-No hay ningún problema. Después de todo, el que tenga tienda, que la atienda ¿No le parece?

Ambos reímos.

Una vez comprado lo que necesitaba, espere a que el hombre bajara la cortina y echara los condados. Dispuestos ambos a partir. Vi al joven que me indicó donde hacer mis compras y, dije al dependiente:

-aquel que está sentado allá no goza de la amabilidad que usted me brindo.

-No es eso señor, ese es un muchacho que tiene mucho tiempo libre. Además…. -

En ese preciso momento comenzó a caer una ligera lluvia que en instantes se convirtió en tormenta, lo que imposibilitó continuar con la plática.

Corrí hasta mi casa. No pretendía terminar mojado hasta los huesos. Abrí tan rápido como pude el cancel, en un pequeño volado que se encuentra justo en la puerta de acceso a la casa, me guarecí de la lluvia, en tanto buscaba en los bolsillos de mi pantalón las llaves con que abrir la puerta. Hum, No traigo conmigo las llaves. La doble manija. Una vez más pienso es que fue un acierto tener una chapa así.

Dentro de la casa y seco al fin, pienso que, debo ser más cauto con este asunto de la puerta. Si bien es cierto que hasta ahora me ha sido benéfico la doble manija, también es posible que haya personas aquí que al darse cuenta de mi error al no echar el doble candado se aprovechen de dicha situación.

Nuestro amigo estaba en esas cavilaciones cuando; sintió una pequeña ráfaga de aire frio y un ruido extraño, sonaba como si algo no acabara de aplastarse.

La caja que dejé para evitar se cerrara la puerta del patio, está completamente mojada, el viento empuja la puerta y esta intenta cerrarse. Esa caja está a punto de deshacerse.

¡Qué desastre! Sacaré lo que queda de la caja. Aahg, el agua de lluvia está muy fría, aventaré los pedazos de caja al patio y cerraré la puerta. Esta encharcado el pasillo-cocina. ¡Qué descuido!

Prepararé mi comida. Una bebida caliente también será bastante reconfortante, después continuaré con mi labor de poner todo en orden.

Veamos qué es lo siguiente que debo acomodar. Mejor caja no pude encontrar para acomodar mis películas. En una tarde lluviosa como esta es que se antoja disfrutar de una buena película ¿Qué titulo sería bueno para este clima? ¿Blade runner? En gran parte de este filme llueve o ¿sólo al final? No lo recuerdo, pero de que llueve, llueve. ¿Doce monos? En está al principio no hay gente alguna en las calles. Tal y como me sucedió al salir en busca de la tienda. ¿Alguna de terror? No. Tengo que seguir. Si es que mi deseo es que el lunes temprano parta hacia Janitzio.

Casi es la media noche. Todos los muebles están en su sitio. Faltan algunos detalles más. Acomodar mi ropa, sacudir, barrer, trapear, organizar sobre las mesitas pequeñas figuras. He de descansar. Mañana lo primero que haré será lavar el automóvil. Con la lluvia y el viaje ha quedado muy sucio. Hoy sólo resta, tomar un baño y dormir. Mañana cuando todo esté a punto, investigaré y planearé una ruta con la que pueda disfrutar de por lo menos, dos días de estadía, en cada sitio que visite.

Despertar aquí es tan placentero. Escucho algunas gallinas cacaraquear, gallos cantando, anunciando la salida del astro rey. El sol se cuela por la ventana, entre las cortinas, y calienta mi faz, el trinar de algunos pájaros. Alcanzo a percibir un ligero olor a madera quemándose, es posible que algunas personas todavía cocinen con fogones alimentados de esta. El olor a madera húmeda es fantástico, huele a hierba y tierra mojada, la fragancia del rocío. No cabe duda alguna, este lugar es el paraíso en la tierra.

Desayunare, después lavare a fondo el carro, luego seguiré con la casa.

Es una mañana bastante agradable, la lluvia de ayer hace que el calor del sol sea reconfortante, hace un poco de viento fresco, en el cielo se ven algunas nueves que se mueven rápidamente. Tal vez disfruto tanto del sol, porque desde que llegue aquí, la mayor parte del tiempo he estado dentro de la casa.

Difícil labor la de lavar el automóvil a fondo. Será que estuve demasiado concentrado en ello o que la música me distrajo, pero no he visto caminar a ningún vecino para poder presentarme.

Ahí viene la persona encargada o dueño de la tienda donde hice mis compras.

-Que tal ¿Cómo está señor? Buenos días.

-Que tal, amigo como está usted.

-Es usted la primer persona que veo pasar por aquí en toda la mañana. Será que soy muy distraído o que no vive nadie aquí más que usted y yo.

-Jajá. Imagínese. Sólo usted y yo. No es eso. Lo que sucede es que la casa que usted ha rentado es la única habitada en esta calle. El andador paralelo a esta calle, es decir, el andador que está, atrás de su patio. Ahí es donde la mayoría de las casas están habitadas, yo todos los días camino por atrás de su casa, es mi camino hacia la tienda. Confíe, no somos únicamente usted y yo.

Ahora entiendo el, porque de la soledad de esta calle.

-Me gustaría que pudiera indicarme a dónde puedo ir a realizar mis compras. No crea usted que es por no consumir en su tienda. Es por escomía. Usted entenderá.

-Le comprendo perfectamente. Vera usted, aquí todo está relativamente cerca, a unos minutos encontrara el centro de la ciudad. También hay centros comerciales cercanos. Donde podrá realizar sus compras.

-Muchas gracias por sus indicaciones. Hablando de otro tema. Ayer el joven que le señale. Me pareció un poco extraño. ¿Tiene alguna recomendación que hacerme respecto de él? Recuerde que soy nuevo y, no quisiera tener inconveniente alguno con los vecinos.

-Pozofo.

-¿Pozofo? ¡Ese es su nombre!

-De él no tiene nada de qué preocuparse, es una persona muy tranquila. Tal vez sus modos le inquieten. Pozofo es alguien con mucha imaginación.

-Discúlpeme. Le he estado cuestionando y no he tenido la educación de presentarme con usted, así como de preguntar su nombre.-

Extendí mi mano. Iba a presentarme cuando mi interlocutor llevo una de sus manos al bolsillo de su pantalón, saco un teléfono celular y tomó una llamada. Con su mano libre, junto los dedos índice y pulgar, entrecerró un poco los ojos, en señal de que aguardara mientras atendía la llamada. Asentí. Continúo con su conversación vía telefónica. Segundos después, tapo el micrófono del aparato, sin dejar de atender la llamada. En voz algo queda me dijo: -disculpe es una llamada urgente, luego seguiremos con esta charla.-

Se alejó sin dejar de atender la llamada. Quede ahí con mi música y mi carro casi limpio por completo.

Seguí las indicaciones dadas por mi vecino, llegue al centro de la ciudad.

Es exquisito estar aquí. Caminar por el mercado de antojitos. Hay una variedad increíble de atoles. Uno en particular llama mucho mi atención, es un atole color negro, como chapopote, espeso, humeante. Según me dicen está hecho a base de cascara de cacao. Ver servir este atole o cualquier otro, es hipnotizante. El atole está contenido en grandes y profundas ollas. Al solicitar te sirvan. Sacan de las distintas ollas el atole solicitado con una taza, misma que servirá como medida de la cantidad a servir. Previo a darte a beber el atole; Te preguntan si es que lo deseas caliente o no tanto. Si tu paladar no es de esos que gustan de las temperaturas muy elevadas; Comienza un proceso de enfriamiento del líquido muy particular, ya que el contenido de la taza es vaciada a otra y luego de vuelta a la primera. En sí, esto no tiene nada de particular. Lo que sucede por espacio de treinta o cuarenta segundo si lo tiene. Ya que al repetir el proceso, logran que el atole se alargue, por decirlo así. Entre la taza que vierte el contenido, y la que lo contendrá hay una distancia de entre veinte y treinta centímetros. La mano experta logra trasvasar el líquido, por lo menos en diez ocasiones. Esa mano experta aleja y acerca las tazas conforme el atole se vacía de una y se llena en la otra. Ese movimiento te atrapa, por momentos lo único que logras ver es una especie de hilo que corre de una taza a otra, cuando el atole es de ceniza, el efecto es más espectacular, pues el color negro de este contrasta, tanto con las tazas, que en su mayoría tienen la base clara, como con el entorno, esa mano experta te hace pensar que lo que manipula no es un liquido. Da la sensación de que la ley de la gravedad no opera en lo que sale del recipiente, sino la voluntad de esa mano experta. Por si lo anterior fuera poco, quien hace dichos malabares no derrama ni una sola gota. Una vez que ha terminado el proceso de enfriamiento, resulta algo contradictorio ver al atole reposar cual tranquilo lago en el interior de la taza. Para luego ser bebido por los comensales.

Un rico atole de tamarindo acompañado de un tamal de harina, no tiene comparación. Lo convierte en una cena deliciosa y satisfactoria.

Hay tantos y tan variados platillos que necesitaré más de una noche para poder disfrutar de estas exquisiteces. Corundas, atole de grano. Los atoles; eso merece una mención por separado. Los hay prácticamente de todos; leche, changunga, zarzamora, tamarindo, piña y así podría seguir. También hay chocolate de metate y carnitas. Si intentara mencionar todo lo demás que aquí se puede degustar, no terminaría. Los aromas, texturas y colores que aquí se disfrutan son inigualables. Sé que desde ahora tendré muchas oportunidades para poder degustar toda esta gastronomía.

Ahora lo importante es ir al centro comercial a realizar mis compras. Compraré comida suficiente para un par de semanas. Tiempo en el cual daré rienda suelta a visitar, conocer y aprender de los muchos sitios turísticos que esta cuidad y este estado ofrecen.

Mi nueva ciudad es muy verde y hermosa. No en vano su nombre significa lugar de la eterna formación y fecundidad de los botones florales. Así que después de mi viaje me dedicaré a ver sus alrededores y conocer por completo esta verde ciudad.

Jamás imaginé que acomodar despensa fuera tan laborioso. Tengo una reserva para poco más de dos semanas. De esta forma cuando llegue de mis viajes, no tendré problema alguno por conseguir alimento. Encuentro en verdad fastidioso, buscarles un sitio adecuado a las bolsas, envolturas y cajas en que estaban contenidas las latas y demás despensa. Lo mejor será dejar aquí todo eso, estoy solo, no creo que haya alguien a quien le moleste que tenga todo esto entre la sala y el comedor. Tomaré un té, escucharé un poco de música y me relajaré.

Depeche Mode "La Celebración Negra" *. Esto sí que es música.

Dejar o no dejar la basura aquí entre la sala y la cocina: Esa es la cuestión. No tengo idea del horario del camión recolector de basura, supongamos que pasa mañana lunes, pensemos que lo hace por la mañana temprano. Quizá recolecte basura uno o dos días a la semana. De acuerdo a mis planes, es mi intención salir de mi casa, aprovechar al máximo las horas del día por lo que debo salir entre ocho y nueve de la mañana. Generalmente regresar después de las veintiún horas. Nunca he visto que un camión recolector de basura tenga tal horario. Así que si el día de mañana pasa por aquí el personal que hace las labores de recoger la basura, y no la tengo debidamente dispuesta para desecharla, me quedaría con ella hasta no sé cuando, sí a esta basura le sumo la que día con día generare, podría convertirse en un problema. Definitivamente no puedo darme el lujo de dejar todas esas bolsas, empaques y cajas aquí, he de contenerlas y alistarlas para el caso de que el camión recolector haga su recorrido e incluya esta zona.

*Depeche Mode, Black celebration, 1986.

El hecho de que tenga tantas bolsas plásticas de las que dan en el supermercado cuando realizo las compras, es una ventaja, ya que es posible almacenar en ellas los desechos y facilita el traslado de los mismos. Por otro lado la cantidad de bolsas con basura es bastante. Entre las cajas que utilicé para la mudanza y las bolsas de basura, mi patio parece un pequeño contendor de reciclaje de cartón y plástico

Aahh, "dressed in black". Escuchar a Depeche Mode es tan relajante. Terminaré de sacar estas bolsas para luego sentarme y disfrutar de la música. Tres bolsas más…

En su patio, estaba a punto de soltar esas tres últimas las bolsas; a su espalda oye un rechinar que se convierte en un rechinido, inmediatamente después un golpe seco, alcanza a oír la vibración del metal y el cristal que se ha azotado.

La puerta de acceso al patio se ha cerrado. Quedo inmóvil por un instante, soltó las bolsas de basura que sostenía en su mano, avanzó hacia la puerta de metal, con la palma de su mano del brazo izquierdo hizo presión sobre la hoja de metal. Sintió que esta cedió ante la presión, escucho un clac, nuevamente aplico presión, la respuesta fue otro clac. Fue el sonido del pasador de la chapa, indicándole, que esa puerta permanecerá cerrada sin importar cuanta fuerza use, o cuantas veces la empuje.

Faltan quince minutos para las veintidós horas. La noche es agradable. Hacia afuera, en el andador no se escucha ruido alguno. Comenzar a gritar por ayuda, no me parece que sea una buena idea. Quizá algún vecino se alarme, llame a la policía, arriben una o dos unidades, al ver el alboroto la de más gente saldrá de sus casas, pensaran que algo grave ha sucedido. Cuando los agentes de policía ingresen en la casa, se darán cuenta de que sólo se trata de un imbécil que se quedó encerrado fuera de su casa, en el interior del patio de servicio. Me encuentro fuera de mi casa, dentro de mi patio, sin poder salir, es decir sin poder entrar a mí casa. "salirme para afuera" en estos momentos ese pleonasmo no me parece tan ridículo. Si me hubiera salido a la cochera, "salido para afuera" sería más sencillo, y no estar en esta situación de estar afuera; dentro de mi casa, sin poder salir o entrar, como sea que fuere.

A lo lejos escucho pasos que se aproximan. Sé que es vergonzoso, mas la única forma de salir de aquí es pidiendo ayuda del exterior. Les pediré que entren en la casa y me desembaracen de esta situación. Pediré ayuda justo cuando escuche más cerca a las personas, no quiero que piensen que es una situación de peligro y la situación tome tintes dramáticos.

Sí, ya están cerca, escucho muy cerca los pasos, este es el momento pediré ayuda. Escucho voces femeninas. Son dos mujeres hablando. Pedirles a dos féminas que entren a auxiliar a un hombre, más aún ellas no saben que he llegado aquí a vivir, que soy su nuevo vecino. Ellas suponen que esta casa aun continúa deshabitada. Si comienzo a llamarles y pedirles que ingresen en mi domicilio, creerán que se trata de alguien que quiere causarles algún perjuicio. Definitivamente no es una buena idea solicitarles ayuda.

Continúan conversando, están aquí justo detrás de mi muro. Su plática es como un susurro, oigo risitas, alguna de ellas se ha recargado en la pared y lo hecho de forma brusca ya que la pared se cimbro levemente. Ya no se escucha nada, más risitas, algunos suspiros. Una de ellas dice: -vámonos, vámonos ya fue suficiente, sólo queríamos ver que se sentía.- otra responde -¿no te gustó?

-Sí, es distinto. Pero dijimos que era únicamente para probar.

-Anda seamos un poco más atrevidas. -responde la otra.

-Está bien, pero sólo un momento.- Se hace un silencio otra vez, es un silencio más prologando, de ponto una de ellas dice:

- no, eso no, en eso no quedamos.- Otro silencio.

-Muy bien ya vámonos.- Oigo risitas que luego se hacen risas de complicidad. Escucho como sus pasos se alejan rápidamente: Lo mejor fue no pedirles que me ayudaran a salir de esta situación. Ellas tenían otro asunto que resolver.

¡Es casi media noche! El tiempo se acorta cuando la imaginación vuela.

El abarrotero ¡Claro! El dijo que esta era su ruta para ir a abrir su tienda. Un establecimiento como ese debe comenzar a laborar temprano, es posible que lo haga entre seis y siete de la mañana. Ajustare el alarma de mi reloj, para que esta me despierte a las seis de la mañana, me mantendré alerta para que en el momento que pase, le pueda solicitar ayuda. Una vez que él haya entrado en la casa, me abra la puerta y pueda salir, le invitaré un café, charlaremos un poco y nos reiremos de la situación.

¿Dónde dormir? ¿Cómo dormir? Veamos que tenemos por aquí. Las cajas de la mudanza, nada mejor que un colchón de cartón, las bolsas y su contenido me pueden servir como almohada.

Nunca pensé que acostarse sobre cajas de cartón fuera tan cómodo. El clima que prevalece es bastante agradable, el cielo es color negro eso favorece a que pueda ver miles de estrellas. ¿Qué eso que veo? La ventilación del baño. ¿Cómo es que no pese en ello antes? La distancia entre el suelo y ella no es mucha, por lo que apilando el cartón de las cajas podre llegar a ella: me costará un poco de esfuerzo, mas esa será la vía por la que ingresaré a la casa. ¿Entrar? ¿Pues qué no estoy adentro?

¿Por la ventana del baño? A caso no será más fácil entrar por la ventana de la cocina.

Me siento como un estúpido, como es que no se me ocurrió antes entrar por esa ventana. Si es necesario romperé el cristal, meteré la mano y abriré la puerta.

Quien ideó esta jaula lo hizo pensando en que quien entrara aquí no pudiera salir, la ventana cuenta con protección también. No obstante tengo la impresión que si introduzco mi brazo alcanzaré la chapa y podré abrir la puerta.

Usaré una de las láminas de cartón, la colocare un el vidrio, de esa forma romperé la ventana, no me lastimare y no haré ruido.

Hecho. Ahora a abrir la puerta.

Me lleva la…. No logro llegar al pasador. Un poco más, un poco más, me faltan unos centímetros ¡no puede ser!

Calma. Hay que volver al plan inicial, entrar por la ventana del baño. Sería ridículo que en el vano de esa ventana hubiese barrotes.

No hay barrotes. Aquí el problema es el espacio. El perímetro sólo da para que meta la cabeza.

Muy bien ante el éxito obtenido, no queda más que disfrutar del colchón de cartón y de la almohada de bolsa, esperar el amanecer y disfrutar de estas hermosas estrellas. En esta noche se ven todas las estrellas. Puedo recordar algunos nombres de las constelaciones que esta noche veo. Las Pléyades, Orión, Júpiter, Triangulo. Todas ellas se encuentran muy juntas. Se pueden ver en el pedazo descubierto que tengo en el patio, hermoso. Mañana después de "salir" de aquí, me daré un baño e inmediatamente partiré a Patzcuaro. La Tzararacua, es también un buen destino. Oír y ver como cae el agua, disfrutar de la brisa, sus aguas blancas. La potente caída de una altura de sesenta metros, el sonido que esto produce al chocar con el pequeño lago que ahí se forma, debe ser lo más parecido a oír hablar a la naturaleza.

Vagamente, recuerdo que conforme te aproximas a la cascada, se escucha un murmullo. Es el sonido de un rio que corre durante el trayecto a la caída de agua. El cielo está tan negro, las estrellas tan brillantes, el clima tan acogedor, casi oigo el agua correr...

Bibibipip…..bibibipip….bibipip. hum, aaah. Increíble que en un colchón hecho de cartón se pueda tener un descanso tan reparador. Me siento increíblemente bien. En cualquier momento debe pasar por aquí el tendero, debo de estar muy atento, aunque fue una buena experiencia pasar la noche aquí, quisiera entrar y tomar un baño: Por lo que no debo permitir que el tendero pase de largo. Seis de la mañana. Continuaré recostado en mi cama hecha de cajas, es muy cómodo. Sí, el día de hoy será tan placentero como la noche tan tranquila y relajante que tuve. Es cuestión de tiempo. Mi amigo el abarrotero no debe tardar en pasar por aquí y abrir su tienda.

El astro rey, está rayando. Ha trascurrido más tiempo del que esperaba, aún no pasa nadie por aquí, ¡siete y cuarto! Quizá me distraje demasiado con mis pensamientos y no escuché que alguien haya pasado por aquí. No, eso no es posible, alcanzo a escuchar el trinar de los pájaros a lo lejos, hubiera escuchado los pasos del alguien que transitara por aquí.

Son más de las ocho de la mañana. ¡¿Qué nadie pasa por este andador?!

Ahora me parece que fue una mala decisión el no pedirle a las chicas anoche, ayuda.

Alguien debe de pasar, este andador debe llevarlos hacia algún lado, este debe de ser el camino de alguien. A la primer alma que pase por aquí le pediré ayuda. Hay que ser muy cuidadoso al hacerlo, debo escoger bien las palabras que utilizaré para solicitar el favor de uno de mis vecinos.

En primer lugar, nadie excepto el tendero me conoce, por consecuencia lo que de mi boca salga debe de escucharse sincero.

Algo como, pst, pst. Hola buenos días. Sabe me quedé atrapado en mi patio. ¿Podría hacerme el favor de ayudarme? Les diré que entren, qué la puerta principal se haya abierta. Creo que eso suena bien.

Ha pasado una hora desde la última vez que consulté mi reloj. ¿Nadie camina por aquí? Comienzo a sentir el calor de los rayos solares, tengo una leve sensación de hambre, necesito asearme. Anoche después las compras hechas en el supermercado y del acomodo de basura, me sentía sucio, hoy la sensación es más molesta.

Casi las once de la mañana. No creo poder soportar mucho más esta situación. En cualquier momento comenzaré a gritar por ayuda, sin importarme que los vecinos se alarmen. Me urge salir de aquí. Buena la hice. Hoy se supone sería el comienzo de un retiro de ensueño. Debería estar ya en Patzcuaro, a punto de abordar una embarcación, disfrutar del lago, pasear por Janitzio, subir al monumento a Morelos y degustar de la gastronomía que ahí ofrecen. Hoy debería de ser un día de gozo y esparcimiento. Todo lo tenía planeado desde hacía semanas. Lo hice metódicamente: busqué la casa para mudar mi residencia, realicé un itinerario de viaje y lugares que visitaría, compré suficientes víveres. Todo lo tengo listo. Pero tuve que pensar el tener lista hasta basura. ¿Acaso no pude sacarla en otro momento, tuvo que ser por fuerza anoche? Tenía... Tenía...

¡He! Sí, alguien viene, escucho pasos ¡sí, sí! Excelente. No me importa la forma ni el modo, pediré auxilio, incluso si son las chicas de anoche pediré que me ayuden, soy capaz de prestarles mi habitación para que sigan experimentando. Los pasos se escuchan más cercanos, ya están aquí. Si ya.

-¡Hola, hola! ¿Hay alguien allá? ¿Podría ayudarme?

-Sí

-¡Por fin!

-¡Hola! Sabe soy nuevo en el vecindario, recién llegue el fin de semana. Es posible que no me conozca. Su vecino, el de la tienda, él ya ha platicado conmigo, él me ha visto. Me ha pasado algo muy extraño, no sé cómo decirle, le parecerá tonto pero... me quede atrapado en mi patio desde anoche. Necesito de su ayuda. Si gusta corroborar mi historia puede usted ir con la persona que atiende el minisúper, pregunte, dígale que soy el que le hizo una compra hace unos días, cuando estaba a punto de cerrar, soy con quien platico el día de ayer. Vaya con él, vera que no miento.

-Ahh, ya sé quién eres.

¿Sabe quién soy? Nadie excepto el encargado de la tienda me conoce. Pero, esa voz, esa voz.

-¿Qué quieres que haga por ti, en que te puedo ayudar?

-Es muy sencillo, vaya por favor a la puerta de entrada de la casa, entre y ábrame ¿podría hacerlo?

-Está bien.

Su voz se escucha muy potente, muy autoritaria. Lo que importa es que por fin saldré de aquí, podre entrar en mi casa. No sabe lo mucho que agradezco que me saque de aquí. Así se lo hare saber en cuanto le vea.

Ya es medio día. No sé si estar molesto o reírme de la situación. Lo que sí sé es que por fin entraré a mi casa.

Escucho abrir la puerta de la casa, le veo dirigirse hacia acá.

-Gra... ¡ah eres tú! Con qué razón dijiste que sabias quien era.

-Parece que no te da gusto que te haya sacado del apuro en que te encontrabas.

Esa voz, potente, hueca y que parece provenir de otro lado.

-Todo lo contrario, gracias, en verdad muchas gracias. ¿Sabes? no creo que hubiera podido soportar mucho tiempo más allá adentro o afuera, como sea que lo quieras ver. Ya pasa del medio día ¿gustas que te invite algo? Un refresco, agua, lo que gustes.

Me ve fijamente, muy atento, siento su mirada clavada en mis ojos es como si me atravesara con ella, de pronto pregunta:

-¿Estás seguro de que te encuentras bien? Veo que la ventana del patio está quebrada. ¿No serás acaso un ladrón, que se introdujo, le dejaron encerrado y la policía está a punto de venir por ti?

-No... pe... pero si hace un momento dijiste que sabias quien era yo, dijiste que me conocías.

-Eso fue lo que supuse, la realidad es que la persona que vi aquel día no se parece a ti.

-Estas equivocado, Pozofo ¿así te llamas verdad? Acompáñame con la persona de la tienda, él te dirá qué soy quien digo ser.

-Es muy conveniente que me digas que sea precisamente él quien te identifique, pues el día de hoy no está. ¿Cómo es que sabes mi nombre?

-Él, el encargado de la tienda, fue quien me dijo cual era tu nombre.

-¿Por qué titubeas al hablar, estás nervioso? No tienes por qué estarlo ¿después de todo esta es tu casa, o no?

-Así es. No estoy nervioso, es sólo, bueno la verdad después de haber pasado, la noche, y medio día en mi patio, hace que me sienta un poco ofuscado. El día de hoy tenía planes, iría a un sitio, pero ahora tendré que posponerlo. Eso es lo que en realidad me pasa, tal vez tú lo interpretas como nerviosismo.

-La mayoría de las personas al ver sus planes frustrados, se tornan coléricas, tristes o decepcionadas. Tú te ves nervioso. ¿Tienes alguna identificación?

-Por supuesto que tengo identificación. No veo la razón de porque deba mostrártela. Te agradezco mucho que me hayas ayudado, acepta un refresco, regresa luego y platicaremos.

-Pareces ansioso por que me vaya, no me quieres mostrar tu identificación, afuera hay un carro, si es verdad lo que me has dicho, supongo que ese carro es tuyo. Así que dime el número de placas que porta.

Esa voz, tan autoritaria, su mirada tan penetrante, eso es en realidad lo que me pone nervioso. En qué forma te serviría el que te dijera el número de la placa de mi automóvil.

-Probaría que eres el dueño y por ende sólo el dueño podría estar es esta casa.

-Es un error, llegue apenas el fin de semana pasado, no...

-Eso ya lo dijiste ¡las placas del auto que está afuera!

-No las sé, no las recuerdo

-¿No lo sabes, o no lo recuerdas?

-Nunca intente aprenderme ese dato, no creí que fuera algo relevante

-No quieres mostrarme una identificación, no sabes las placas del carro que está estacionado afuera. ¿Dime, tú en mi lugar qué pensarías?

-Pensaría que... Pozofo, has sido muy amable, esta es una conversación que a nada nos conduce, anda vamos hacia la sala, tomate un refresco y vete a tu casa.

-Eso es lo que tú quieres, es lo que te conviene, que me vaya y te deje aquí, pero eso no va a suceder, hasta que se aclaren las cosas.

No acabo de salir de mi asombro por la última sentencia de Pozofo, cuando tras de mi escucho una vez más ese chirrido, volteo, veo como la puerta del patio comienza a cerrarse. No sé porque hago por evitar que se cierre, alargo el brazo, no logro alcanzarla, doy un paso, me apoyo sobre los vidrios rotos, pierdo el equilibrio, veo como cada vez me acerco más y más al duro piso.

Ahg... tengo un... me que me quedé dormido. Mm, la cabeza y el costado izquierdo de la espalda me duelen. Una voz, escucho una voz, alguien me llama a lo lejos. Logro escuchar más claramente, veo una silueta frente a mí. Sí, sí, es Pozofo, ahora que es lo que quiere, no logro entender que es lo que me dice.

-Te lo repito Pozofo, eres muy amable, es hora de que te marches, de esa forma ambos podremos descansar y...

¿Qué? no puedo moverme ¿qué sucede? ¡Estoy atado a una silla!

-¿¡Qué clase de broma es está?! Pozofo esto ha ido demasiado lejos, ¿qué significa esto? ¿Por qué me has atado? No tiene sentido. Escúchame Pozofo, mi nombre es...

-No importa el nombre que me des, sé que será falso. Sabes muy bien porque estas atado. Intentaste tomar uno de los cristales rotos del suelo para hacerme daño y así poder huir de aquí. Mientras estuviste inconsciente, me di a la tarea de buscar entre tus ropas una identificación, y no logré encontrar ninguna.

-No la encontraste porque está afuera, dentro del automóvil, junto a la palanca de cambio de velocidades, la dejé ahí después de las compras que hice ayer por la noche, sal, sube al auto y verifícalo.

-Quieres que salga para poder huir, quieres quedarte solo. No, no lo haré, no saldré, te tendré bien vigilado, hasta que...

-¿Hasta que, qué Pozofo? ¿Qué piensas hacer, tenerme así por siempre? ¿Por cuánto tiempo me has tenido así, cuanto he permanecido inconsciente? Pozofo acaso no has pensado que, puede ser que requiera de atención médica. Quizá tenga alguna fractura; me duele mucho el costado izquierdo, o el golpe que provocó mi inconsciencia pueda tener consecuencias graves. Piensa, si algo me pasa, tú serás el responsable de ello. No querrás eso. Por si lo anterior te pareciera poco, la cárcel te espera. Ten en cuenta que, estás en mi casa, me tienes atado, privado de mi libertad, si algo me llega a pasar tendrás todas esas agravantes en tu contra y eso podría empeorar tu situación. Piénsalo. Desátame, llévame con un médico.

-Todo lo que me has dicho puede que sea cierto, pero también lo es, que existe la posibilidad de que todo sea una mentira, una argucia por ti inventada, con el único fin de que te desate, apara así lograr tú objetivo de hacerme daño, tal y como antes lo intentaste. Pienso en esa pequeña posibilidad de que mientes. Ahora piensa tú, que hubiese sido de todos esos hombres, arriesgados y valientes que tenían una misión mas; en ella existía más la posibilidad de fracaso que de victoria, que hubiera pasado si el temor al fracaso los hubiera hecho desistir. Nunca tendríamos los logros que hasta ahora existen.

Piensa en ese hombre que fue a la luna. Imagínate las posibilidades, hubiera sido más fácil negarse a realizar la proeza pero el vio una posibilidad de éxito, una mínima. Lo hizo. Hoy los logros derivados de esa acción son incontables, y todo por confiar en esa minúscula posibilidad, todo por no creer más en las probabilidades de fracaso que en las del éxito.

Este tipo está completamente loco.

-Pozofo, ¿de qué me hablas, a dónde quieres llegar?

-Espera, ya lo sabrás. Así como ese hombre creyó en una pequeña posibilidad y tuvo éxito. Lo mismo pasa conmigo;

creo en esa posibilidad de que mientes, y es por eso que tendré éxito.

-¿Qué es lo que harás para lograr ese éxito que pretendes, como harás para aclarar las cosas? No lo sabes. Crees que tenerme prisionero en mi propia casa aclarará las cosas. Crees que tenerme aquí lo solucionara todo, piensas que la respuesta llegará sola. Sólo te sentaras y esperaras.

-Exactamente eso es lo que hare amiguito. Sentarme y esperar. Lo más probable es que él o los verdaderos inquilinos no tarden en llegar con la policía, entonces se aclararan las cosas. Entonces sabrás que he tenido éxito.

-Nadie va a llegar, nadie entrará por esa puerta, nadie traerá a la policía. En el tiempo que has permanecido aquí, ¿has escuchado que suene el teléfono, alguien ha tocado a la puerta? ¿Qué vas a hacer cuando al cabo del tiempo, nadie venga, me desatarás, me dejaras ir?

-¿Por qué querías irte?

-Fue una forma de decirlo.

-No, no, no. Te has delatado a ti mismo, tus intenciones son las de huir. Tienes razón. Han pasado más de cuatro horas desde que entre a esta casa, y no ha sonado el teléfono ni nadie ha venido, obviamente eso tú ya lo sabías. Sabías que los moradores de esta casa no estarían aquí.

-Pozofo, lo que dices no tiene lógica. Estuve encerrado en mi patio parte de este día y la noche anterior. Fuiste tú quien me saco del patio. ¿Recuerdas?

-¿Toda la noche?

-Sí, ya te lo había dicho antes.

-No lo recuerdo. En caso de ser cierto que te quedaste toda la noche en tu patio. ¿Por qué, no pediste ayuda anoche?

No es lógico que alguien prefiera pasar una noche en su patio a la comodidad de su cama.

-Lo intente, pero no encontré el momento adecuado.

-¿Acaso existen momentos adecuados para pedir auxilio? Un automovilista cuando se le ha reventado un neumático y no tiene los medios para solucionar el problema, solicita ayuda de cualquier conductor aun y cuando este no se la proporcione, es decir, El conductor con su auto averiado no piensa; ese es un carro de modelo atrasado, prefiero que sea un auto de modelo reciente y que sea conducido por una bella y elegante señorita. Es acaso, amiguito, que tu eres selectivo al momento de solicitar ayuda. Ahora dime como es que tú, si es que estabas encerrado, sabrías quien es la persona adecuada para pedirle ayuda. Era de noche, estaba oscuro y no conoces a nadie. Dime, ¿cómo sabrías quien era el adecuado?

-Yo... lo que paso fue que... no sé, nò me pareció una buena idea en ese momento.

-¡Mientes! No te pareció una buena idea porque no estabas aquí anoche. Si lo que dices es verdad, si en realidad eres el dueño de esta casa, como es que no sabías que debías tomar precauciones con una puerta que sólo abre por un lado de la hoja.

-Ya te lo dije, recién llegue el fin de de semana pasado, son detalles en los que no puse mucha atención.

-Amiguito, sabes mentir de forma muy convincente. Todo indica que no eres el habitante legítimo de esta casa. Esperaremos pacientemente a que el verdadero dueño venga. Entonces veremos si eres capaz de seguir mintiendo.

-Podemos estar aquí indefinidamente. Nadie vendrá eso te lo puedo asegurar. ¿Por qué mejor no llamas a la policía? Sí, llama, así me entregarás a ellos, y se harán cargo de mí. -Digamos que la policía y yo, no tenemos una buena relación. Ellos no saben apreciar, ni entienden que un ciudadano, tiene el deber de reportar cuanta anomalía detecte en su vecindario. Cuando le llame, lo más probable es que hagan caso omiso.

-¿Qué tal si, le llamo yo?

-¿Tú?

-Sí, yo, ellos acudirán a mi llamado. Vendrán y aclararemos las cosas.

-Tienes todo la razón. Serás tú quien les llames. Te convertirás en tu propio verdugo.

Me desatará, lo he conseguido. Llamaré a la policía. Terminará está pesadilla y podré seguir con mi vida.

-¿Por qué no me desatas, que haces parado tras de mi? anda desátame, permite que llame a la policía.

-¿Sabes cuál es el número que debes de marcar?

-Supongo que al número de emergencias.

-Dime amiguito, como puedo saber que no estás coludido con las autoridades; sé de muchos casos en que así ha sido. La mayoría de los secuestradores roba bancos, extorsionadores, ladrones y pillos como tú, son protegidos por la autoridad. Es una mala idea que les llames. Lo mejor será permanecer como hasta ahora y esperar hasta que el verdadero inquilino llegue.

-¡Nadie vendrá, nadie vendrá!

-Mientes.

-Pozofo desde que me sacaste del patio no he probado bocado, tengo sed. ¿Podrías darme a beber un poco de agua, por favor?

-Lo haré. Sólo porque ya es tarde y, aunque sé que eres culpable, no debo negarte alimento. Ten bebe. Prepárate, todo parece indicar que nadie vendrá el día de hoy. Te espera una larga noche.

-¿Me dejaras aquí, así, atado a una silla?

-No correré el riesgo de que intentes escapar.

- No puedo dormir así, además tengo que hacer uso del baño.

-Te desataré. Mantendré uno solo de tus brazos atado a la cuerda, así podré mantener el control sobre ti y podrás hacer uso del baño.

-De esa forma no me será posible bajarme el pantalón.

-Yo lo haré por ti, ese no es problema.

-Eso es una vejación, no permitiré tal abuso de tu parte, estás en mi casa, desátame inmediatamente; antes de que algo peor suceda. Vas a tener que explicar mucho a la policía cuando esto termine.

-Tendré que aplicarte un correctivo y mostrarte quien es el que da las órdenes aquí. Tú no estás en posición de exigir nada. Permanecerás atado y sentado a esa silla hasta que el verdadero inquilino llegue. Para asegurarme que no intestes nada, apretare más tus amarras.

-Aggh, Pozofo me estás lastimando, siento que me falta el aire, ¡suéltame! Aggh, está bien, está bien. Es suficiente. Ya no aprietes más. Tú...tú tienes el control. Déjame ir al baño por favor.

-Te dije que permanecerás ahí. No te moverás.

-Ya no puedo soportar esto. Desde hace unas horas anocheció. El dolor en el costado izquierdo me sigue molestando, necesito ir al baño, tengo que descansar, no soporto el hambre, tengo que hacerme...

-Estas, muy pensativo amiguito. Seguramente piensas en escapar. Ten por seguro que no lo harás.

-¡Loco, desquiciado, despreciable!...

Estoy sin aliento de tanto imprecar hacia Pozofo. Nunca pensé que fuera capaz de hacérselo a otro ser humano. ¡Está sonriendo! Está sonriendo el muy...

-Te burlas de mí, te burlas de mi infortunio.

Paroxismo, es la única forma de definir en estos momentos a Pozofo.

-Me regocijo, no me burlo de ti. Ahora más que nunca sé que eres culpable; Tú ira desmedida me lo ha demostrado. Tranquilízate. Te espera una larga noche. Por mi parte buscaré algo para comer.

Tengo que librarme de esté loco, debo soltar mis ataduras.

Ha traído consigo, casi la mitad de la despensa. Pensara en comerlo todo, ¿me alimentará? Está preparando sándwiches, todo un paquete de pan de caja, no es posible que tenga tanto apetito. Veo tres latas de jugo de diferentes sabores, un vaso que contiene leche. Está destapando tres latas de atún, cuatro paquetes de galletas. Este loco cree que puede terminar con toda esa ración en una noche. Cuantos olores mezclados, cuantos deliciosos aromas, todos listos para ser ingeridos.

-Un festín digno de un héroe, no lo crees así amiguito. ¿Te gustaría disfrutar de algo de lo que he preparado? Seguramente sí. Tal vez algo de esto sería para ti si es que no hubieras tenido ese arranque colérico. De todo lo que aquí ves, sólo disfrutarás el olor, ese será tu alimento.

Introduce todo alimento a su boca, sin orden. No veo que mastique, todo lo traga. La comida esta tirada en todos lados, hay comida sobre si. Todo lo estruja, la mayor parte de comida termina en el suelo, es un espectáculo grotesco. Mastica con la boca abierta, veo y escucho el sonido que hace al masticar el alimento, carraspea mientras traga, come como un animal. Lanza un gran eructo pronunciando algunas palabras.

-Nada como una buena comida para reponer fuerzas, y dormir. Amiguito es casi media noche. El tiempo de descansar ha llegado. Espero que tengas un sueño cómodo y reparador.

-¿Me dejaras dormir aquí? Eso es inhumano.

-Inhumanos son los actos perversos que pretendías llevar a cabo contra los moradores de esta casa. ¡Calla y duerme!

Tiene razón, tengo que dormir o por lo menos intentarlo, tratar de reponer fuerzas. Ya por la mañana pensaré en como librarme de este encierro. Es curioso, continúo encerrado. No es posible, ronca. Esta será la peor noche de mi vida. La razón de mudar mi residencia a este lugar fue primordialmente para lograr tener una vida más apaciguada, sin sobresaltos, cosa la cual hasta ahora no ha sido posible. Aquel con la barriga atiborrada, duerme como un bendito. Mientras yo no logro conciliar el sueño. Tengo hambre, necesito usar el baño, debo asearme…

-Hey tu bebé dormilón, despierta, es hora de levantarse. Mira nada más el estado en que estas.

Hum…he… ¿que, sigo aquí? Estoy transido de dolor. Estas ataduras, me dan la sensación que se apretaron más

Historias lamentables del deseo

durante la noche. Que incomodo me siento. Tengo frio. Mí pantalón esta húmedo.

-Alguien olvido ponerse su pañal. Estas hecho un desastre. Cuanta suciedad hay sobre ti. Ahora que te veo así, recordé una anécdota que viene muy al caso. Así que te la contaré: Como bien sabes, aquí muchas personas, familias enteras, se dedican al cultivo y cosecha del aguacate. Andando por aquí y por allá me enteré de una familia en particular. Esta familia era extremadamente pobre, dada su condición, todos los demás los rechazaban, como siempre les rechazaban por su harapos sucios. Pues bien, un buen día al jefe de familia se le ocurrió que si la mayoría de las personas se dedicaban al cultivo de aguacate, el también podría hacerlo. En un terruño, mismo que era la única posesión, tenía más aspecto de baldío que de tierra para cultivo. Del que después dijeron que esa tierra es tan fértil, que si un gato muerto hubieses enterrado allí, este regresaría como minino. Pero esas son habladurías. Como te decía el jefe de familia, en una ocasión andaba buscando por aquí y por allá la forma de darle alimento a su familia, se hizo de un aguacate, dicen también, que el aguacate pesaba cerca de tres cientos gramos, el verde de su carne era como una esmeralda. Te imaginas un aguacate así. Con todo eso, lo que sorprende es que, ese aguacate fue lo único que el padre de familia pudo conseguir ese día para comer, sí, un aguacate para una familia de seis personas, lo puedes imaginar, en fin. Una vez comido en su totalidad, el hombre vio aquel hueso, tan perfectamente esférico, de un color rojizo y tan lleno de vida, que inmediatamente se dijo, "este debe ser el corazón del aguacate, así que si este es regresado a la madre tierra, latirá de nuevo y generará vida".

Con sus manos, a falta de utensilio alguno con que poder hacer esa faena, cavo un hoyo en el terreno baldío y enterró el hueso. Seis meses dicen que permaneció al cuidado de la semilla, seis meses en que no se movía del lugar donde enterró el hueso y cuando lo hacía era únicamente para mal comer o ir en busca de agua. Al cabo de esos seis meses, el árbol de aguacate era tan alto y tan frondoso que cubría casi en su totalidad la extensión del pedazo de tierra que poseían.

Los vecinos de los alrededores juran que jamás se vio retoño alguno en el terreno baldío. Por lo que dicen, que una noche se fueron a dormir y que al otro día simplemente ese árbol estaba ahí, hermoso e imponente y con una cantidad incontable de aguacates.

Muy pronto todos querían probar de es fruto. Hacían filas, tardaban horas con tal de probar el fruto del aquel árbol espontaneo. Pasaron los días y las semanas, el fruto de aquel árbol parecía inagotable. Mas la desesperación de la gente por disfrutar de aquel fruto fue tal que, todos aquellos que antes repudiaron a nuestros amigos, ahora les hacían invitaciones a fiestas, a sus casas; todo con tal de poder comer del fruto del árbol espontaneo. El padre de familia al ver qué quienes antes les corrían a palos y ahora rogaban por su presencia, e incluso pagaban precios fuera de la realidad con tal de comprar uno solo de esos frutos. Esto último fue lo que sacó a la familia de la pobreza. Pero como te decía, los antes repudiados ahora eran asediados, aquellos que jamás se dignaron siquiera voltearles a ver ahora se decían íntimos. Esto generó en nuestro nuevo aguacatero, resentimientos a grados tales de locura. Gracias al árbol espontaneo lograron tener más tierras de cultivo. Una vez lograda su comodidad económica, el

Historias lamentables del deseo

padre de familia decidió dar un aviso, y dijo, "para agradecer a todos aquellos que siempre han estado conmigo les invitaré a una celebración privada en público, dentro de una semana". Todos aquellos que han estado conmigo serán bienvenidos, únicamente ellos serán bien recibidos.

La celebración fue hecha en el parque, al aire libre, cualquiera podía entrar, mas él dijo que, sería una celebración privada.

Una vez comenzado el festín, se puso de pie, pidió la palabra, luego se le escucho decir, "a todos aquellos que les corresponda le doy la más cordial de las bienvenidas, los demás..." no se le escuchó decir más palabras. Después de esto, con su dedo índice de la mano derecha, señalo gente, misma que fue sujetada por grupos de individuos, que ataron a los prisioneros a un palo por los brazos, los cuales estaban dispuestos para colgar las piñatas, luego fueron ejecutados uno a uno. Los primeros señalados fueron todos aquellos que cuando pobre y harapiento le despreciaron. Ante tales escenas llegaron muchos curiosos mismos que en su mayoría fueron pasados por las armas, hasta un niño fue ejecutado.

Una vez que aquella orgia sangrienta fue abatida por las autoridades. El aguacatero fue interrogado, se le pidió explicara aquellos actos viles y criminales, respondió así, "ninguno de los ejecutados había sido invitado" toda vez que nunca habían estado con él, salvo cuando la fortuna le sonrió.

¿Entiendes el mensaje amiguito?-

Creo que se refiere a que él está tan loco como el aguacatero, y que yo me encuentro al pie del cadalso. No me atrevo a responderle. Aguardare por la respuesta.

-No entiendes. Piensa, si un hombre fue capaz de hacer lo que hizo porque unas personas no fueron invitadas. Imagina lo que podrían hacerte después de lo que has hecho en una de sus sillas y el piso.

Pozofo está completamente desquiciado. Es posible que eso juegue también a mi favor.

-Tienes razón Pozofo. Pero también es cierto que... Mírame. Estoy atado, inmovilizado. No creo que nadie al verme así crea que, lo que he hecho fue un acto deliberado, algo que hice por mi propia voluntad. Es obvio que me encuentro en este estado por otra razón, por la voluntad de alguien más. Ese alguien es el responsable de esto, ese alguien eres tú. Si Pozofo, tú. Eres tú el que está encargado de mí, y por ende de esta casa. Ahora bien si tú eres el encargado, ¿de quién es la responsabilidad de esta suciedad? –

La mirada de Pozofo se torna vaga creo que lo estoy logrando.

-Pozofo, no tienes porque ser responsable de esto. Sueltame tal y como lo dijiste ayer, mantenme atado sólo de un brazo. Yo te ayudare a limpiar, me aseare. Cuando venga quien tenga que venir, serás un buen vecino, piensa. Eso es lo que tú quieres, que vean en ti al buen hombre, al preocupado por su comunidad, aquel que es capaz de hacer las cosas sin esperar recompensa alguna.

-Tienes razón limpiaremos tu suciedad, tu porquería. Todo el tiempo estarás atado de una mano.

Está soltando mis amarras. Qué alivio sienten mis extremidades. Debo de ser precavido, actuar con cautela. Qué no se dé cuenta de mis intenciones.

Historias lamentables del deseo

-En el momento que tú lo ordenes, me levantare. Sería adecuado que primero limpiemos el desastre hecho por mí. Luego, si me lo permites, puedo asearme.-necesito estirar los musculo para poder intentar alguna maniobra. Moverme me puede ayudar-.

-Muy bien dicho amiguito. Vamos, anda, busca con que limpiar y hazlo.

Veamos que puedo encontrar en la cocina para limpiar. Tengo trapos y servilletas. Llenaré de servilletas el piso, utilizaré algunos empaques plásticos a modo de guantes y limpiare.

- ¿Pozofo una vez que haya terminado con esto, podrías darme de beber, y un poco de comida?

-Supongo que a todo reo que muestra una buena conducta se le debe de recompensar.

Se ha descuidado. La cuerda que me ata es muy holgada por momentos. Eso puede serme útil.

-Gracias Pozofo.

He terminado. Me siento un poco dolorido, pero con el ánimo de salir avante de este gran embrollo.

-¿Pozofo, puedo buscar algo que comer?

-¡No! Lo haré yo. Sé que intentas buscar algo con que lograr tu propósito de lastimarme y así poder escapar. Muévete déjame buscar a mí.

¡Me está dando la espalda! Debo de hacer algo pronto. Sí, el lazo con que tengo amarada la mano es suficiente. Lo pasare por encima de su cabeza, apretare su cuello, cuando lo tenga dominado, le postrare, luego saldré y pediré ayuda.

-Aggh, ¿Qué haces? Aggh.

-Esta es la única forma Pozofo. Tranquilízate. Ponte sobre tus rodillas. Esto debe terminar ya.

Estoy muy débil. Se está quitando la soga del cuello. No se lo permitiré. Si lo logra, las represalias que tome contra mí serán peores que las acciones que ha hecho. Vamos, sé que puedo dominarlo.

-Pozofo. Estás en un error, esta es mi casa, y te lo había dicho. Vamos a la calle ahí o arreglaremos todo, ¡Muévete!

Esta cediendo. Lo tendré que llevar hacia la puerta.

- ¡Muévete Pozofo!

Trastabilla. Me está haciendo perder el equilibrio, es demasiado peso, no puedo sostenerlo, estamos cayendo...

Estoy sobre él. Parece que la caída y el golpe le han aturdido. No se mueve

-Vamos, levántate. Tu intento de librarte de mí fue inútil.

Palmeo sobre su espalda, no consigo respuesta alguna.

-Anda Pozofo, salgamos, aclaremos todo esto.

Al incorporarme veo que algo extraño corre por su sien. Es...sangre, está sangrando. No es posible, que ha pasado.

Incorporado totalmente veo que el extremo de la cuerda esta enredada en sus pies, ese fue el motivo de la caída. En un borde de la cocina hay un manchón. Se lastimo el cráneo. Debo conseguir ayuda pronto. ¿A quién pedírsela? El tendero, si él... no, no. Debo llamar una ambulancia.

-Sí pronto. Por favor. Hay un hombre herido. Sí. La dirección es...

En tanto espero, pienso, ¿qué es lo que diré ahora que Pozofo yace inconsciente en el piso de mi cocina? ¿Y si no despierta, cómo probaré todo lo que ha pasado aquí? Nadie me conoce. Podrían pensar lo que sea. Tengo las marcas de mis ataduras, mi suciedad. A lo lejos escucho el ulular de las sirenas que vienen hacia acá. ¿Qué paso, por qué estoy en esta situación? ¿Y mi idealización de vivir en un lugar más tranquilo, mis vacaciones interminables? Veo gente de blanco que ingresa en la casa. Creo que algo me preguntan, no logro escucharle. Extiendo mi brazo, y señalo un lugar en la casa. Se dirigen hacia allá. Mis planes. Visitar diferentes puntos turísticos de este estado mágico. Ver el sol ocultarse tras las montañas, hacer viajes en lancha, un antojito nuevo que degustar. Alguien está frente a mí. No es un paramédico, veo que mueve sus labios, no logro comprender lo que me dice.

-¿Qué? Si, disculpe oficial, dígame ¿me preguntó usted algo?

-¿Podría decirme que fue lo que pasó? ¿Por qué hay un hombre medio muerto en el suelo?

¿Por qué... porque? Tengo que decirle todo lo que he pasado, como Pozofo me mantuvo casi tres días como a un criminal atado, tiene que saber el porqué. No sé cómo empezar a narrarle todo lo sucedido. Pero creo que todo empezó porque...

De mis labios sale una respuesta que no esperaba

-Porque la puerta de acceso a mi patio únicamente abre desde dentro de la casa.

Fin

Áspid

C10 H14 N2

Los detalles muy insignificantes, esos que nadie vemos, esos que a nadie nos interesan. Son ellos precisamente los que le dan sentido a todo. Es sólo cuestión de reflexionar y pensar un poco. Son cómo aquellas preguntas de la escuela que la maestra de filosofía te hacía, ¿es lo mismo ser que estar? o ¿qué es el Ser? Está última pregunta es un detalle, al parecer un pequeño detalle, ¿qué es el Ser? En la escuela al tratar de responder esta pregunta, el maestro respondía con otra pregunta ¿será esta naranja? Luego explicaba: no, porque esta naranja si la pelo me quedan los gajos, entones, ¿serán los gajos? Alguien respondía: son los huesos, las semillas de la naranja, el Ser. El maestro guardaba silencio por unos segundos y hacia la siguiente pregunta, ¿pero para que esas semillas de naranja sea necesitan tierra, agua y germinación, entonces, ¿qué es el Ser? Al parecer es una cosa muy pequeña o insignificante, mas al descubrirla, vemos que es el todo. Según explicaba el maestro el ser tiene las siguientes características; es, inmóvil, pensable, indivisible...etc. Es así que algo muy pequeño, imperceptible para los sentidos, cosas que pasan por completo inadvertidas, son las que dan el origen a las "grandes" cosas, aun y cuando no nos demos cuenta que la grandeza ya ocurrió en un acto "invisible". ¿Qué es lo que nos impulsa? ¿Por qué lo hacemos? Es como aquella noticia que se escuchó alguna vez.

La noticia era una de las más escandalosas de aquella época. La gente al escucharla, en su mayoría se indignaba, otros sentían asco, muchos sentían la necesidad de ejercer justicia, para un grupo muy reducido, lo consideraban en su conjunto, un acto sensual y puramente carnal, un acto de pasión sin freno.

Mientras ella observaba el cigarrillo que la reportera le había compartido, pensaba ¿cómo fue que llego ahí?, ¿por qué estaba ahí? Como si fuera una celebridad.

Una de las reporteras más reconocidas a nivel nacional, le cuestionaba de su actuar; ¿qué fue lo que hiciste? Le preguntaba, con tono apesadumbrado. Ella se concentraba en el cigarro que fumaba la reportera, sólo escuchaba el crujir del tabaco quemándose a cada inhalación que le hacía al cigarro, el brillo del tabaco al quemarse, el papel que le rodeaba incendiándose y acto seguido, el humo que la misma materia crea al ser quemada. El humo y el sonido del tabaco quemándose, es lo único que ella escucha, es lo único que ella sabe. Voltea a un lado. Voltea al otro, cuatro paredes, todas simétricas, todas grises, una silla, una mesa, el cigarro, el humo, ella, otra persona frente a ella. Cuatro paredes y sólo una de ellas, sólo a través de una de ellas se puede ver que ella está aislada, sentada en una silla, con un cigarro, con alguien frente a ella. Sabe quién es pero no la conoce. No la conoce tal y como conoce o conoció a él. Fue ahí donde todo comenzó.

Hoy los periódicos dicen de todo, qué si fue parte de un rito, qué si eran parte de una secta.

Ella nada más sabe que está encerrada. Encerrada con alguien a quien sabe quién es pero no conoce.

Pero fue ese día. Ese mediodía, en aquella cafetería. Era el mediodía, esperaba por su turno para comprar un jugo de naranja, cuando de pronto, alguien tropezó con ella. Un aroma que le trajo recuerdos, recuerdos que no sabía si eran gratos, sólo eran recuerdos. Él dice; discúlpame me empujaron y no era mi intención golpearte. No importa, fue un accidente, ese aroma mmm ese aroma no sé si son recuerdos gratos, ese aroma es delicioso, el aroma mana de él, él es el aroma. ¿Me permites invitarte algo? -Ella responde- sí. Sólo quiere seguir disfrutando de ese aroma. Parece que habla, que él dice algo, eso no importa, el aroma lo es todo, todo lo llena ese aroma, mmm inhala profundo. Él sonríe, cree que ella suspira, le toma muy suave el hombro, ¿qué es lo que te gustaría tomar? Ella siente que la han sacado de algún placentero lugar –¿eh? Sí un jugo, un jugo de naranja, gracias –ella se aleja, toma un pequeño sorbo de jugo, disfruta ese aroma cítrico-. Pero el aroma anterior es el que le trae recuerdos.

¿Cuál fue el móvil, por qué lo hiciste? Le pregunta alguien que sabe quién es pero que no conoce. Ve las paredes grises y esa ventana que le recuerda que está aislada.

Le muestran un periódico, un encabezado con letras rojas, ella alcanza a distinguir algunas palabras; joven, sangre, hermana. ¿Qué me dices de esto? Le inquiere_¿Hermana? Esta palabra llama su atención fuertemente. Hermana así me llamaba él cada que quería jugar. Ese juego para él era descarado, le gustaba escandalizar a la gente. Un día en aquel cine. Le esperaba en la dulcería, él llego y casi gritando dijo ; hermana, hermana, papá está molesto porque llegaremos muy tarde de esta función, pero yo le eh dicho que ya somos responsables y al ser yo el mayor, cuidaré de ti, estas últimas palabras las menciono de una forma tierna, amorosa y protectora, después me abrazó muy despacio, me besa, recorre mi talle con sus manos de forma lasciva, siento las miradas acusantes torno a mí, intento separarme de él, pero me besa apasionadamente y ese aroma aaahh ese aroma delicioso, ese aroma que me inunda los sentidos, ese aroma que me trae recuerdos, correspondo a su besos, nos separamos, escuchamos cuchicheos y vemos caras rojas, caras de enojo, indignación, de reproche, ordenamos nuestros dulces, nos tomamos de la mano, nos dirigimos a la sala donde proyectan la película, ambos nos reímos, nosotros sabemos que nada fue cierto. La gente se indigna muy fácilmente. Es un juego, un juego y nada más, lo único cierto es que cuando él llega ese aroma que le acompaña me trae recuerdos mmm ese aroma me llena, ese aroma lo es todo

Hermana, así me llama cada vez que quiere jugar ese juego tan, sutil, tan delicado, ese juego en el que nunca participarían los hermanos. Esa pared, no, es la ventana que está en esa pared, la que me recuerda que estoy dentro de algo de donde no puedo salir. Me siento como si fuera una celebridad, hoy todos me conocen, los periódicos hablan de mi, los reporteros quieren interrogarme quieren saber cómo fue, ¿qué pasó? ¿Por qué?

Aquel día en aquella cafetería, sólo era yo, después él tropezó conmigo y éramos ese aroma y yo. Siempre me sentí atraída por el por ese aroma, ese que llena mis sentidos y mis sensaciones, ese que me trae recuerdos. En aquél entonces no había cámaras, ni reporteros, ni gente que me cuidara. Como cuando me trajeron de la casa de él para acá. Todo pasaba muy de prisa, él y yo jugábamos, después de haberme hecho jugar, esta vez el juego no había sido del todo agradable, pero el aroma que de él mana me llena del todo y qué más da si antes del juego que a él tanto le gusta jugar me hiciera que jugara un poquito para luego llegar al verdadero juego. Eso fue precisamente lo que le dije a toda la gente armada y vestida de negro que entró aquella madrugada a la casa de él. Estábamos jugando, nadie lo entiende porque nadie sabe que es un juego. Como cuando se juega en esos videojuegos puedes ser quién tú quieras ser, pero al final será un juego y nada más, sin lágrimas ni nada, un juego y ya. Es lo mismo que ha sucedido aquí, jugamos, el juego se terminó y eso es todo.

Primero me acostaron sobre el piso, luego me subieron a una camioneta. A él no lo he visto desde que ellos llegaron. Una vez en la camioneta todos hablaban y decían, "esto sí que es grande" con esto vamos a dar unos muy buenos días al país, uno volteo y me dijo; ahora sí que la hiciste buena, en unas horas todos querrán leer de ti más que de la vida de Jesús.

De ahí me trasladaron con alguien que me hizo unas preguntas, creo que quería saber donde nací y cosas de esas. Yo sé que estábamos jugando, y el juego acabo, esta vez el juego no me gustó tanto, porque antes de jugar con él tuve un juego previo.

Después me dice que en unas horas seré trasladada a la capital del país. Que temen por mi integridad física, la gente allá afuera está indignado, molesta, así que me trasladaron por aire a la capital del país. Me visten con un chaleco negro. Tres personas vestidas de negro y con armas me acompañan. En la aeronave me esperan tres personas vestidas de negro también. Es la primera vez que veo una cámara de televisión. Es una cámara de una televisora muy popular, lo sé por el logotipo en ella estampado. Arriba junto con los que van armados hay una persona con un chaleco café y un micrófono. En tierra y antes de subirme el que trae la cámara de televisión dice: que, si puedo decirle algo, lo que sea, el que trae el micrófono me dice que no me preocupe que tendré tiempo de decir algo, que el recorrido es de treinta minutos.

Antes de abordar la aeronave el que porta la cámara me hace una recomendación: cuando vayas a decir algo hazlo con dramatismo, que nada más recuerde lo que hice, que refleje en mi cara arrepentimiento eso me ayudara mucho. Hace referencia a una frase, "el cielo está lleno de arrepentidos". Simplemente subo. El del micrófono me ayudó a subir. Una vez en la aeronave el camarógrafo me pegunta ¿te incomodan las esposas? ¿Esposas? Me pregunté, baje la mirada a mis manos y las vi ahí relucientes, me reflejaba en ellas, la verdad es que no me había percatado de tener en mi ese artefacto. Pero ahora que me detengo a pensar es quizá por eso que no sentí el roce de las manos del reportero cuando me ayudo a subir.

El reportero me dice; una vez que hayamos despegado tendremos tiempo para que nos digas todo lo que quieras. Escucho un fuerte zumbido, siento que todo se tambalea y comenzamos a ascender, la aeronave es pequeña. Al frente, hay una persona, supongo que el piloto, el piso es como laminado. Por ambos costados hay puertas que se deslizan y pequeñas ventanas.

El que trae el micrófono habla conmigo: ahora sí que la hiciste en grande, mira nada más tan chulota y metida en estas cosas. El de la cámara habla con el del micrófono: Joaquín ponte listo que si nos sale bien. Esta media hora nos puede mandar al horario de la mañana sirve que quitamos al mamoncito ese que se siente reina de todos los programas de noticias mañaneros y, es como un dolor en los molares.

Sabes muchacha ahora tienes la atención de todo un país y es muy probable que de alguno que otro medio extranjero. Todos queremos saber ¿por qué? ¿Qué fue lo que paso? ¿Por qué hiciste lo que hiciste? Dinos algo muchacha, cuéntanos desahógate.

Nunca pensé que jugar y después dejar de jugar le importara tanto a la gente, bueno quizá sea como aquella vez en el cine. En aquella ocasión la gente que nos rodeaba parecía importarles demasiado algo que sucedía entre dos personas que jugaban a no ser, pretendíamos no ser, pero en realidad no éramos. Intente explicar al reportero que no había nada de extraordinario, que la gente no tenía porque interesarse tanto en dos muchachos que juegan. Después de todo siempre todos juegan o han jugado a ser alguien más. El nuestro era precisamente eso, un juego a ser quién no somos.

Quise decirle que era un juego entre dos personas y nada más. Que él explicara a la gente que hay cosas más importantes sobre las cuales esperar noticias y no sobre unas personas que jugaban y dejaban de jugar. Me hubiera gustado que él fuera el que me explicara el porqué de tanto alboroto de un juego que ya teníamos tanto tiempo jugando ¿por qué ese repentino interés de la gente en un juego que jugábamos y que a nadie nunca le interesó?

Pero creo que lo único que salió de mi boca fue: estábamos jugando.

La expresión del reportero en su rostro lo dijo todo. Después dijo casi a gritos ¡un juego muchachita, llamas a eso un juego! Por lo que hiciste te darán por lo menos tres cadenas perpetuas, niña este es el mundo real y tú te limitas a decir que estaban jugando. En verdad crees que la gente le tomará importancia por un jueguito estúpido entre tú y tu compañerito Porque ahora me dirás que era tu compañerito de juegos, ¿verdad?

¿Mi compañerito de juegos?

Aquel mediodía, en la cafetería de la escuela mientras esperaba en la línea, ese aroma que me trae recuerdos, esos recuerdos que todavía no sé si son gratos, sólo sé qué son recuerdos. Aquel mediodía, ese aroma me hizo sumergirme en el, lo disfrutaba a lo máximo, hasta que él me despertó con una pregunta, luego no lo volví a oler.

Tres días después ahí estaba en la cafetería, ahí estaba ese aroma, era él, su aroma, se acerco a mí, algo me dijo, no sé que fue lo que me dijo. Estaba excitada en esos recuerdos, en ese aroma, extendió su brazo y ante mí había un jugo de naranja, ese olor a cítrico no opacaba aquel aroma, el de los recuerdos.

Veo que me dice algo, su sonrisa es franca, sus ojos grandes y son color café, su pelo está todo revuelto, me sobrepasa en estatura por escasos centímetros, no es delgado, tampoco robusto, mmm pero ese aroma eso es lo que realmente me gusta, es lo que me atrae, él sigue hablando.

Por los movimientos y gesticulaciones que observo, creo que espera una respuesta de mí. No tengo idea de que me ha dicho o que me ha preguntado, atino a decir un monosílabo. Me parece que no fue el correcto porque se aleja rápidamente y ese delicioso aroma se va de mí, hace que despierte.

El aroma que de él mana lo es todo mm, percibo otra vez ese aroma está conmigo, escucho que me dice; veo que si viniste. La verdad es que no sé de qué habla, yo siempre vengo a la cafetería después de clases, pero eso no importa, ese aroma. Él me toma de la mano y me lleva no sé dónde ni por dónde, yo disfruto una y otra vez de ese aroma.

Ya tengo tiempo disfrutando día tras día este sublime aroma, cada vez me pierdo más en los recuerdos y en el aroma, la transición de día a noche cuándo estoy con ese aroma es un instante, lo peor de todo es que tengo muy vagos recuerdos de lo que sucede cuando me pierdo en el aroma y en los recuerdos que ello me trae.

Aquel día esperando en la dulcería, previo a entrar a la proyección de la película, después de iniciarme en su juego, justo antes de entrar en la sala de cine. El menciono una palabra y luego río. Hermana.

El reportero sigue con su mirada fija en mí y me dice; pronto aterrizaremos. Le miro y respondo, creo que sí. Él me ve con signos de interrogación. Le repito, creo que sí, pronto descenderemos.

Bajo de la aeronave y me dicen que agache la cabeza para evitar accidentes. Al bajar veo muchísimas luces blancas que prenden y apagan, voces distintas hablando, otras gritan, es a mí a quién buscan, es de mí de quién esperan algo. Cinco o seis de esos que van vestidos de negro me rodean y me dicen que avance junto a ellos, alcanzo a escuchar que el de la cámara y el del micrófono dicen, ni modo mi López, a seguir con el dolor molar.

Todos se ven impacientes, parece que todos quieren saber de mí. Alguien a quién nunca le pusieron atención ahora es una noticia pero, seré yo o será la hermana.

Hermana. Bastaba que él pronunciara esa palabra y ya sabía que nuevamente nos sumergiríamos en ese rol de hermanos. Procurándonos juegos y palabras no correspondientes, a los hermanos. Hermana era la mecha, ese aroma era lo que realmente me hacía perderme. Hermana. Era el inicio, el disparo de salida, pero ese aroma era el camino a recorrer y mientras lo recorríamos, con tal de disfrutar ese aroma todo podía suceder. Ese aroma me trae recuerdos, no sé si son gratos, sólo sé que son recuerdos.

Escucha una voz, algo la despierta. Se ve así misma sentada, alguien a quién conoce pero no sabe quién es, le habla.

¿Entones no dirás nada, es acaso que con tu silencio aceptas que hiciste todo eso?

¿Qué hice, no entiendo que hago aquí, por qué estoy aquí, por qué hay cámaras? La reportera dice al camarógrafo, apaga eso. Se acerca a mí y dice; mira está a punto de llevarte la chingada. Lo que hiciste te llevará de por vida a la cárcel, dame una buena historia. A la gente hoy en día le gusta enamorarse de la gente cómo tú. Di que fuiste abusada de niña, o inventa lo que quieras ¡dame una historia! No sabes lo influyente que son los medios en estos casos, de aquí puedes salir cómo una mártir. Piensa: yo he entrevistado a presidentes, líderes del narcotráfico, secuestradores, bueno a un candidato a la presidencia bastante ignorante defendí a nivel nacional de su aberrante incultura y ve ahora es nuestro presidente. Imagínate lo que se puede hacer con una muchachita como tú. No oses dejarme en ridículo. Todos a cuantos he entrevistado han hablado y me han contado sus oscuros secretos y tú no serás la excepción. Así que ahora, él va a encender la cámara y tú me vas a decir algo, lo que quieras, pero me vas a hablar ¿entendiste?

Comprendí todo lo que me dijo, más no sé qué decir, ese periódico en la mesa parece que dice mejor lo que ellos quieren que diga ¿qué diga que fui abuzada? Recuerdo que mi mamá siempre nos trato con mucho amor y lo hizo más a partir de que mi papá murió. Fue hasta que yo tuve nueve o diez años creo, que llego Melesio a la casa, siempre me daba dulces, después me daba juguetes y yo salía a jugar,ellos pasaban largo rato riendo. Es parte de lo que recuerdo de mi infancia. La reportera imperativamente pregunta:

¿Entonces dime cómo fue que paso? Yo sólo pude decir: el juego termino.

La reportera me vio, su semblante se torno muy serio. Después de unos instantes de silencio giro un poco la cabeza y hablo: pues es así publico que ella resume todo "el juego término" eso es lo que para ella significa este crimen, un juego, un juego que ella organizó y que tuvo nefastas consecuencias para sus jugadores. La reportera continúo diciendo: alguien para quién la vida termina como si un juego terminara y tiene la frialdad de expresarlo así, es alguien que no merece indulgencia alguna.

La reportera se despidió, la cámara se apagó, volteo hacia mi y dijo: después de lo que acabas de decir al aire desearas no

Historias lamentables del deseo

123

tener compañera de celda ¿compañera? Así me decía Melesio "compañera vamos a jugar. Compañera le traje un mazapán".

Melesio un día llego toco la puerta de la casa, yo abrí y me dijo "hola compañera" ¿está tu mamá? Yo me reí y le grite a mi mamá, ella le vio y sonrió. Desde entonces Melesio iba y hacía que mi mamá riera mucho. Como yo no comprendía de qué reían me iba a jugar con lo que Melesio me traía o me iba a ver la televisión mientras comía los dulces que Melesio me había regalado. Ellos siempre estaban riendo.

La reportera se está yendo se ve muy molesta. Remata diciendo: esto no se acaba, pues tu "final del juego" hará que vengan más. Estaba cerrando la puerta cuando, una persona alta y bien parecida entra y me dice: sé que seguramente estás algo cansada, pero me costó mucho conseguir este tiempo contigo. Lo que te pido es que respondas a mis preguntas. Lo qué queremos saber es ¿por qué lo hiciste? Escuche lo que dijiste. Entiende que no es un juego. El nuevo reportero sigue hablando. Después de pronunciar la palabra, "juego" sólo pienso. Quizá no era un juego en realidad. Yo lo considero un juego porque lo que hacíamos él y yo, era ser hermanos, pero nuestros actos eran demasiado íntimos cómo para serlo.

Desde aquel día en el cine, así lo asumimos ambos, él me decía hermana y consigo llegaba ese aroma, ese olor que tanto me envolvía y tantos recuerdos me traía, ese aroma que turba mis sentidos y me torna en alguien a quién sólo gusta de disfrutar de ese aroma.

Siempre que lo esperaba, en realidad lo que quería disfrutar era de ese aroma y a cambio él podía disfrutarme como la amante hermana. Ese aroma que tantos recuerdos me traía, hacía que él fuera dueño de mi voluntad, no me podía resistir a lo que me pedía, yo siempre decía que no pero finalmente lo hacía, todo cuanto pedía, todo lo hacía por ese aroma.

Como aquel día en que entramos en ese supermercado y justo en el área de congelados comenzó a besarme de una forma tal que lo aparte de mí, basto que percibiera ese olor, ese exquisito aroma y la palabra hermana para sucumbir a sus caricias y besos. Ahí delante de todos, ahí en ese lugar tan frio y, poco propicio. Después de un rato de estar disfrutando del aroma, una persona de esas que se encarga de la seguridad nos pidió que abandonáramos la tienda y que bajo ninguna circunstancia regresáramos. Él se molestó bastante, me tomo fuerte de la mano y me arrastró hasta afuera del supermercado. Fue entonces cuando todo paso, el me dijo que fuéramos a su casa…

La voz del reportero me saca de mis recuerdos con una pregunta ¿estamos de acuerdo? Mira en diez minutos entramos al aire, relájate, tómate tu tiempo. Mete la mano a uno de sus bolsillos del saco y me pregunta ¿te gustan los mazapanes? Anda tómalo endúlzate el momento.

Mazapanes. A Melesio le gustaba mucho darme mazapanes. Ese aroma y ese sabor, la forma que parece ser un dulce muy firme pero tan fácilmente se deshace al tocarlo, o morderlo. Es un sabor tan dulce cuando se encuentra en tu boca, su olor almendrado, su textura seca y suave. En una de tantas visitas, Melesio me llevó un mazapán, como siempre yo deje a mi mamá y a Melesio platicando. Estaba disfrutando de ese dulce, pero el mazapán se terminó muy pronto, por lo que se me ocurrió ir a donde mi mamá y Melesio y pedirle por favor me diera más dulce. Al dirigirme

Historias lamentables del deseo

a la sala noté la ausencia de ambos, los busqué en la parte de arriba de la casa, cuando comencé a subir las escaleras noté demasiada agitación en una de las recamaras, la puerta estaba entre abierta y ahí pude ver a Melesio y a mi mamá riendo, besándose, acariciándose, mi mamá hacía cuanto Melesio le pedía que hiciera, en un momento dado me acerque tanto a la puerta que esta casi se abre por completo, tanto mi mamá como Melesio parecían no darse cuenta, ambos ondulaban sus cuerpos y se fundían en uno, se agitaban, gemían, eran como dos personas luchando por dominar el uno al otro. Finalmente Melesio quedo tendido y jadeante sobre mi mamá, mi mamá sonrió, exhalo muy fuerte. Entonces Melesio sin voltear a ningún lado, con sus manos busco un paquete que estaba al lado de la cama, una vez que lo encontró, lo sujeto y con una de sus manos lo golpeó contra la palma de su mano libre, tiró de un delgado listoncillo, una tapa de celofán fue retirada y abrió el paquete, unos segundos después de haber abierto esa pequeña caja el cuarto fue inundando con un aroma indescriptible, un aroma que me hizo cerrar los ojos e inhalar lo más profundo para llenarme de el. El ambiente estaba cargado de ese exquisito aroma y algo más, era una mezcla de aire caliente, sudor y algo más pero el aroma que de la pequeña caja se escapaba era lo mejor. Cuando estaba por dar una segunda inhalación vino a mi otro recuerdo, en esta misma habitación, una imagen llega a mi mente, es mi papá y mi mamá están en la misma lucha de cuerpos, mi mamá hace cuanto mi papá le indica que haga, ambos se aferran fuertemente a sus cuerpos en un abrazo interminable. Papá cae en el cuerpo de mi mamá, él también destapa una pequeña caja rectangular y el olor que de ella se libera es agradable mmm, haaa, me llena por completo. Entonces escucho voces ¿qué haces aquí? Me pregunta mi mamá, Melecio me ve un poco contrariado y lo único que digo es: quería otro mazapán El reportero me saca de mis pensamientos y dice: veo que te gustó el mazapán, lo has comido de un solo bocado ¿comer mazapán? No me percate de haberlo comido, no recuerdo ni siquiera haberlo desenvuelto de su celofán.

Ya casi estamos, en cinco minutos más entramos, recuerda, la gente quiere saber por qué hiciste lo qué hiciste. Relájate mientras estemos en esto todo estará muy tranquilo. Cuando ya seas llevada ante el juez y seas encerrada las cosas allá adentro se pondrán un poquito más mmm como te diré, pues un poquito más rudas, así que disfruta de esta pequeña "libertad" que tienes ahora.

Rudas y libertad. Eso fue lo que me dijo esa tarde.

Me había propuesto que fuéramos a su casa como otras tantas veces lo habíamos hecho, le estaba esperando. La verdad es que siempre he esperado por ese delicioso aroma que tantos recuerdos me trae cada vez que él llega. Ese aroma me hace trasladarme a otro lado, me lleva a recuerdos muy profundos en mí. Casi nunca le escucho cuando habla, generalmente me dejo guiar por él. Pero hoy es diferente, hoy me dice: mira, escúchame, hoy le daremos a nuestra libertad rienda suelta, claro que con tanta libertad tendremos que ser un poquito más… más, como decirlo, un poquito rudos ¿está bien? Yo sólo atine a asentir.

Continúo diciéndome; muy bien hermana

¡Hermana! Bien sabía yo lo que significaba eso.

Me sumí en su pecho para llenarme de ese aroma, las sensaciones que despierta en mi son irreales, más allá de todo. Todo cuanto me pida, con tal de llenarme, de saciarme, impregnarme por completo de ese olor lo haré, nunca quedo satisfecha, la fragancia lo es todo.

Estamos parados fuera de su casa, justo antes de entrar, el voltea y me dice: hay otro hermano, es mi hermano tal y como tú y yo lo somos. Hoy nuestro juego será compartido ¿estás de acuerdo?

No respondí, me tomo de la mano y penetramos en su casa.

Ahí en el sillón en el que tantas veces inundados mis sentidos por ese olor, jugamos su juego de hermanos, había alguien sentado, avanzamos y nos sentamos al lado del desconocido o por lo menos para mí lo era. Él está sonriendo, es una sonrisa sin malicia, amable, hasta parece una sonrisa inocente, como cuando un bebé te sonríe. Mi "hermano" le dice: Ella es mi "hermana" de la que tanto te he hablado y está de acuerdo, el otro que no se había parado desde que llegamos se levanto de su sitio y me miro, entonces yo le pude ver por completo, tendría unos treinta y cinco años, moreno, no muy alto, ojos grandes, complexión media, pelo negro y quebrado, había algo que me parecía familiar en él, mas no sabía porque me parecía tan familiar. Estaba en esas cavilaciones cuando preguntó ¿Estás seguro de que está de acuerdo? Ella es muy bonita.

Él sentado junto a mi me abrazo, sentí como su aroma me llenaba, como colmaba y turbaba mis sentidos, susurro en mi oído y dijo, anda hermana juega con nuestro nuevo hermano, mi otro hermano todavía de frente a mí, de pie, se inclino y beso mis manos, sus caricias y la fragancia que turba mis sentidos, me trasportaron a otro lugar, un sitio en el que muchas veces he estado, un lugar sin igual, un mundo distinto, un espacio en un tiempo inexistente en esta realidad.

Lo único que se puede percibir y sentir en mi ser es ese aroma, es como estar en un sueño donde la fragancia lo es todo, llena todo los espacios, todo el tiempo lo respiras, los que conmigo están es esa utopía son etéreos, diáfanos. No hay necesidad de hablar, nos comunicamos con esta exquisita fragancia, aumentamos o disminuimos su intensidad, le damos matices distintos para comunicarles a los demás que es lo que sentimos, que es lo que deseamos, todo es armonía con ese aroma, todo lo podía, todo lo llenaba. No sé qué tanto tiempo he estado viajando y disfrutando de la utopía. Estoy completamente desnuda y con mi nuevo hermano jadeante sobre mí, rueda a un lado de mi cuerpo, ríe, exhala muy fuerte y dice; ¡Hermano ella es fabulosa! Se incorporó yo no sabía que estaba pasando, me habían sacado de un sueño del cual no me debería haber salido. Desnudo y con una amplia sonrisa, caminó hacia donde estaban sus ropas y de ella sacó un algo, extendió la mano y me lo ofreció, le vi un poco contrariada y acepte, entonces lo supe, sabía porque me era tan familiar ese, mi nuevo hermano, en mi mano había un mazapán. Al pronunciar su nombre, sobre mis palabras escuche que le decía, te lo dije Melesio, ella es un sueño.

Al escucharme pronunciar el nombre de Melesio, ambos se vieron fijamente con aire desconcertado, uno le preguntó a otro ¿la conoces Melesio? Melesio negó con la cabeza. El no recordaba, me había conocido cuando yo tenía nueve o diez años y de eso ya hacia once años.

Le dije; tú me dabas estos mismos dulces cuando ibas a ver a mi mamá.

Melesio me miro con aire interrogante, después de unos segundos dijo; ¡por supuesto! Esta forma tuya en que te, prestas, abandonas tu cuerpo, esa forma de poder manejarlo a antojo, sólo la había sentido con una mujer y obviamente la heredaste de ella.

¿Cómo, también disfrutaste de la madre, Melesio? Te envidio. Ambos rieron.

Completamente aturdida por las recientes coincidencias, me levanté y le reproché, le dije que está vez habíamos ido demasiado lejos, qué no estaba de acuerdo. Me tomó de la mano, me miro suavemente, dijo que me relajara, que no había problema, de ahora en adelante, Melesio, podría ser nuestro papá y así el juego sería mucho más divertido.

Ahí desnuda parada junto a él y muy contrariada por lo que había sucedido, dispuesta para salir de ese lugar, comencé a percibir ese aroma, ese delicioso aroma, ese aroma que me lleva a un lugar de seres diáfanos, ese olor que todo lo puede, que todo lo compensa. Entonces paso. Melesio se acerco a él, sacó del bolsillo delantero de la camisa un paquete, lo destapo, esa fragancia que todo lo puede, que todo lo compensa, se intensifico, casi de inmediato fui trasportada a mí utopía, ahí donde nos comunicamos y vivimos de ese aroma, donde todos flotamos en el aroma y no necesitamos más.

Ahí todos somos ese efluvio, todos ahí somos uno con la emanación y el aroma es uno con nosotros. Pero hoy parece un sitio distinto, no es igual que todas las demás veces que he estado aquí, hay algo que no alcanzo a ver pero puedo percibir, puedo sentir que algo está cambiando. Uno de los etéreos que está en la utopía, se acerca a mí. Nunca antes nadie nos habíamos aproximado a ningún otro, conforme se acerca distingo algo como si fuesen unos ojos, no se ve serenidad en ellos, el olor que de él se desprende es distinto es más como una catinga, se acerca más a mí. Distingo un rostro, es más como una mancha borrosa pero con rasgos que distinguen un rostro, es una rostro encendido. Comienza a mover su boca. Sus labios y lengua emiten un sonido, escucho como si dos superficies rozaran la una con la otra. Oigo como si un objeto áspero corriera sobre otro liso. Ya está frente a mí, le veo fijamente, abre muy grande su boca, por unos instantes no pasa nada, de pronto esa boca se convierte en una gran oquedad y de ella es arrojado humo y cenizas. El diáfano que estaba frente a mi es consumido por llamas. Todo a mi rededor, mi mundo entero se viste de gris, todo es humo, de mi aroma no queda nada. El humo no me deja respirar, me está asfixiando. Intento buscar un lugar en donde volverme a impregnar de esa sublime fragancia, pero no existe más, sólo hay ese humo pestilente que me provoca nauseas y una ira incontenible.

Una voz me saca de ese que era mi mundo y ahora se ha trasformado en un lugar nauseabundo, fútil y pútrido. La voz me pregunta

¿Hermana, ya estas lista para mí? La hedentina llega a mí. Colérica, busco el origen de la peste, giro en mi entorno y veo a Melesio, tiene algo sujetando entre sus dedos, mismo que se lleva a la boca, cierra los ojos, inhala, escucho crepitar, Melesio abrió los ojos y expulso de su boca, por los labios, ese hedor que inundó mi mundo y me provoca nauseas, colérica me acerco a Melesio, su peste me penetra, me posee de forma sucia, al encontrarme muy cerca de él, dice; creo que está lista para mí. De forma violenta de arrojo sobre el sillón, me monto en él, sonríe complacido, siento sus manos acariciándome, recorriéndome, le lanzo una miríada rabiosa, inquina me arrojo a su cuerpo.

Lo siguiente que recuerdo es escuchar gritos de lamento, ver correr sangre, sentirla en mis labios, saborearla con mi lengua, ver mis manos tintas en ese líquido pegajoso. Melesio está entre mis pernas, yace lánguido con los ojos muy abiertos, por labios tiene una mueca, un rictus mortal, mi cuerpo tibio siente como su cuerpo va perdiendo calor poco a poco. Aquella piel que antes vi morena ahora parece ceniza, mueve sus labios intenta decir algo, cuando parece que saldrá una palabra en su lugar hay un borbollón rojizo y negruzco.

Nada más que silencio se escucha, la habitación es llenada con un silencio sepulcral, un silencio que te invita a soñar. Únicamente el cuerpo desfallecido de Melesio, el silencio y yo estamos. A mi "hermano" no le veo.

No sé cuánto tiempo estuve sobre el cuerpo de Melesio. Sé qué fue él quien quemo mi mundo, fue él quien me trajo a un lugar nauseabundo y sin armonía, un mundo en el que sólo había teas que todo lo consumen y devastan.

Después escuche mil voces, un centenar de sirenas ulularon, muchos pasos apresurados, gente dando órdenes y gritando.

Hoy estoy aquí sentada, hablando con personas que reconozco pero que no sé quien son. Todas me hacen la misma pregunta, quieren sabe el por qué.

El reportero que está frente a mí, sonríe y me pregunta:

¿FUMAS?

Fin

Áspid.

Printed in the United States
By Bookmasters